RAHEL JOYCE

WARTE NUR, BIS ELFI KOMMT

Rahel Joyce

Warte nur, bis Elfi kommt

ROMAN

»Der erotische Roman«
Band 78

Vertrieb:
Edition Combes
im Verlag Frank de la Porte
Frankenstraße 17
D-96328 Küps
Tel. 0 92 64 - 97 66
Fax 0 92 64 - 97 76
www.edition-combes.de

ISBN 3-932416-83-X

*

Mein Name ist Lara Rinaldi, und ich muß gestehen, daß ich auch im hohen Alter von neunundvierzig Jahren immer noch von fesselndem Sex fasziniert bin, von moderaten Vergewaltigungen träume, und beim Onanieren immer noch an die fürchterlichsten, schlimmsten und unsittlichsten Dinge denke. Meine Phantasmen sind mit den Jahren noch etwas ausschweifender und meine Phantasien noch perverser geworden. Meine ganze Person hat sich irgendwie verwandelt, ist jetzt abgestumpfter. Manche Männer sagen von mir, ich sei gefühlskalt, karrieregeil und genitalfixiert.

Diese harten Phantasmen in die Wirklichkeit umzusetzen, habe ich in den letzten paar Jahren oft versucht, aber die Aufregung, die Spannung war nie dieselbe wie ich sie mir in meinen Träumen und Selbstbefriedigungsmomenten vorstellte. Ich habe sehr wohl einige junge Liebhaber gehabt, die meine Gelüste dankbar befriedigten – welcher Mann fesselt nicht gerne seine Geliebte ans Bett und spielt eine Vergewaltigung – aber keiner war imstande, mir diese verrückte Erregtheit zu bieten, die ich erlebte, wenn ich mir die ganzen abscheulichen Geschichten nur erträumte. Ich hörte sogar in einer Fernsehsendung, daß sich kein Mensch, vor allem keine Frau, für seine/ihre Phantasmen schämen müsse, diese aber nicht unbedingt in die Wirklichkeit umsetzen sollte. Nicht nur, weil diese schönen Phantasien danach enttäuschend wirkten, sondern auch, weil gewisse perverse Vorstellungen unter Umständen gefährlich werden könnten, wenn man sie in der Realität erleben will.

Diese Warnungen konnten mich von meinem Vorhaben, in dieser Hinsicht einmal höchste Spannung zu erleben, in keiner Weise abhalten. Aber wie stellte ich es an, den richtigen Lover für solche Praktiken zu finden? Einen perversen Sadisten wollte ich nicht, denn Schmerzen zum Beispiel konnte ich noch nie vertragen, diese machten mir auch keinen Spaß. Was mich aufs Äußerste erregte, war die Angst davor. Die Angst und die Vorstellung, ich könnte brutal mißbraucht oder geschlagen werden, das war der Kick, der mich erregte. Also brauchte ich für meine Gelüste einen zärtlichen Mann, der nur so tat als ob ... Aber den gab es nicht. Wenn ich nette Jungs in meinem Bett hatte und sie auf meine eigenartigen Neigungen aufmerksam machte, sagten sie meistens: »Aber Liebling, ich kann dich doch nicht schlagen und dir weh tun, dazu hab' ich dich viel zu lieb!«

Dabei bat ich sie meist nur, mich übers Knie zu legen und mir ganz harmlos den Arsch zu versohlen. Das kann man doch in keiner Weise Schlagen nennen. Das ist purer erotischer Sex als Vorspiel. Aber die Jungs kapierten das nicht. Traf ich mal einen, der dies gerne tat, wurde ich so stark verhauen, daß ich zwei Tage lang nicht mehr sitzen konnte, was bei meinem

Job im Büro auch nicht gerade das Wahre bedeutete.

Demzufolge versuchte ich, einmal mehr per Inserat eine spannende Bekanntschaft zu machen und gab folgende Annonce auf:

Sinnliche Frau (49/178) schlank, sportlich und attraktiv, wünscht Bekanntschaft mit interessantem Mann zwecks einfühlsamer fesselnder Erotik, liebevollem Spanking und zärtlichen Bestrafungsspielen. Intelligenz, Charme und Gefühle kein Hindernis. Angebote unter Chiffre …

Was da an sagenhaften Angeboten in mein Haus flatterte, war abstoßend. Natürlich war mein Inserat eindeutig und sprach SM-Kreise an, aber immerhin hatte ich ‚einfühlsame Fesselspiele und zärtliche Bestrafungen' geschrieben. Ich meinte damit ganz klar, daß sich perverse Sadisten enthalten sollten. Aber es kamen gräßliche Offerten von regelrechten Brutalos, die, in der Hoffnung, mich damit aufgeilen zu können, meistens noch ein abstoßendes Nacktfoto beifügten. Einige legten ein Bild ihrer ‚Folterkammer' bei, und beim Betrachten der reichhaltigen Folterinstrumente schreckten mich die ganzen Angebote und Bewerbungen dermaßen ab, daß ich wußte, auf diese Art würde ich nie jemand Passenden kennenlernen. Also schickte ich die Briefe mit Foto zurück, jene ohne Foto warf ich in den Müll.

Es vergingen wieder etliche Monate, und ich konnte meinen Heißhunger auf zärtliche Mißhandlungen, sanfte Perversionen und liebevolle Vergewaltigungen nie stillen. Wenn ich diesen Satz im Nachhinein lese, muß ich selber lachen, denn es ist mir klar, daß solche Zwiespältigkeiten völlig unmöglich sind. Ich war eben doch zu ambivalent, wünschte mir das eine und konnte das andere nicht lassen. Entweder ich bekam einen zärtlichen Mann oder eben einen brutalen Mann. Einmal mehr mußte ich feststellen, wie phantasielos Männer eigentlich waren. Warum konnte man nicht im Rollenspiel den harten Schlächter spielen, der es jedoch beherrschte, nicht weiter als bis an jene Grenzen zu gehen, die seine Geliebte erlaubte.

Jeden Samstag holte ich morgens früh die regionale Zeitung aus dem Briefkasten, brachte eine Maschine Wäsche in Gang, verschwand zurück unter die kuschelig warme Bettdecke und suchte auf den letzten Seiten der Zeitung meine Lieblingsrubrik, die sogenannten *Freizeit-Treffs.* Dort hatte ich auch meine eigene Kontaktanzeige aufgegeben. Politik, News, Klatsch und regionale Aktualitäten las ich immer erst an zweiter Stelle. Die *Freizeit-Treffs* waren in verschiedene Rubriken aufgeteilt wie: *Zusammen Sport treiben, Zusammen ausgehen* oder *Zusammen genießen.* Diese letzte Rubrik *Zusammen genießen* waren die heißen Inserate, die Unseriösen, in denen nicht selten der von mir gehaßte Satz: ‚Diskretion gefordert und geboten ... um Bestehendes nicht zu gefährden' stand. Das waren die Männer, die zwar gebunden oder verheiratet waren, jedoch auswärts geilen Sex genießen wollten, den ihnen die biedere Ehefrau vermutlich nicht bieten konnte. An diesem Samstag stach mir sogleich eine Annonce ins Auge, die lautete: *Zwei*

Jungunternehmer (37 und 40) wünschen Bekanntschaft mit einer reifen, gepflegten, tabulosen Dame für eine spannende Nacht. Angebote unter Handy-Nummer …

Sofort nahm ich ganz aufgeregt mein Handy zur Hand und schrieb folgende SMS: *»Hallo, ihr schlimmen Jungunternehmer, möchte euch gerne kennenlernen …«* Ich fügte Vorname und Alter bei und wartete gespannt auf ihre Antwort. Zwei geschlagene Wochen wartete ich und war extrem enttäuscht, daß sie es nicht fertigbrachten zu antworten. Ich wußte genau, daß die beiden nicht allzu viele Angebote erhalten würden, weil Frauen halt immer noch nicht emanzipiert genug sind, auf solche Annoncen zu reagieren, oder etwa doch? Aber nein, dazu noch eine Nacht mit *zwei* Männern … na ja, darauf hatte wohl nur ich Lust. Ich hatte die beiden schon längst abgeschrieben und vergessen, als mich eines Abends folgende SMS erreichte: *»Hallo Lara, danke für deine Nachricht. Gerne würden wir dich kennenlernen, gib uns deine Vorlieben bekannt, und wir werden versuchen, dir einen schönen Abend zu bescheren. Liebe Grüße, Martin und Ralf.«*

Ganz aufgeregt überlegte ich, was ich Schlaues antworten sollte, damit es vielleicht diesmal klappen würde und schrieb: *»Lieber Martin, lieber Ralf, gerne würde ich eine Nacht lang eure Sklavin spielen, die alles tut, was ihr wünscht und befehlt. Wenn ihr mir versprecht, mir nicht weh zu tun, würde ich mich von euch sogar gerne fesseln lassen, wenn es euch Spaß* *macht. Herzlich, eure Lara.«*

Somit waren die Würfel gefallen. Jeder wußte genau, worum es ging, ich heuchelte nichts vor, sondern sagte klipp und klar, was mir Spaß machte, und je nachdem, wie die Antwort von Martin ausfiel (er war derjenige, der die SMS jeweils schrieb), konnte ich fühlen und herausfinden, was die beiden für Typen waren.

»Lieber Martin, lieber Ralf«, war meine nächste SMS, *»ich liebe es, wenn ich hilflos, ergeben und machtlos einem Mann ausgeliefert bin. Die Unsicherheit und die Angst, die dieser Zustand bei mir auslöst, ist irrrrrrrr ...!«*

»Liebe Lara, keine Sorge, da werden wir sicher dienen können. Wir werden dich liebevoll quälen, sanft mißbrauchen und dich für deinen Ungehorsam zärtlich züchtigen und bestrafen!« waren seine nächsten Worte.

Ich verstand nicht genau, was er mit Ungehorsam meinte, aber das gehörte wohl mit zum Spiel. Und ich pokerte gerne mit. Meine Antwort lautete: *»Lieber Martin, lieber Ralf, ich werde ganz brav gehorchen und alles tun, was ihr von mir verlangt, wie ich auch alles mit mir geschehen lasse, was euch gefällt und erregt.«*

Na ja, per SMS war ich sehr mutig, und die Worte übers Handy waren leicht geschrieben. Ich konnte nicht aufhören, die beiden auf diese Weise aufzugeilen und auf unser erstes Treffen vorzubereiten.

Am nächsten Tag, es war Samstag, sonnte ich mich

hüllenlos auf meiner Terrasse. Ich war geil, heiß und erregt von der gleißenden Sonne. Das spornte mich an, den beiden eine neue SMS zu schicken:

»Lieber Martin, lieber Ralf. Ich liege gerade nackt in der Sonne, lasse meiner Phantasie freien Lauf und denke an euch. Ich schließe die Augen und denke, ich sei ein junges Mädchen, das gerade von euch ans Bett gefesselt wird. Ganz verängstigt liege ich gespreizt vor euch beiden auf dem Bett. Ihr spielt gemeine Spiele mit mir. Ihr steckt mir meine dicke grüne Kerze in meine Muschi und tut mir ein wenig weh. Ich klage und protestiere laut, und deshalb nehmt ihr meine Reitpeitsche vom Regal und bestraft mich damit. Ihr geißelt gefühlvoll meine erregten Brustwarzen ...«

»Liebe Lara, liebst du es, von uns ausgepeitscht zu werden?«

»Ja, aber nur ganz gefühlvoll und zärtlich!«

»Liebe Lara, dann werden wir dich sachte züchtigen, denn Bestrafung muß sein. Keine Frau der Welt erlaubt es sich, zwei fremden Männern solche SMS zu schreiben, mach dich auf etwas gefaßt!«

Jetzt war ich vermutlich tatsächlich etwas zu weit gegangen und erschrak über meinen eigenen Mut. Aber in der Erregung und in der Sicherheit der großen Entfernung hatte ich mich mächtig begeistern lassen. Zudem stand es noch nirgends geschrieben, daß ich den beiden tatsächlich mal begegnen würde. Trotzdem schrieb ich heute eine letzte SMS, um meine aus den Fugen geratene Lage etwas abzuschwächen:

»Lieber Martin, lieber Ralf, ich bitte demütig um

Gnade und entschuldige mich. Bis bald, eure Lara.«

»So ist es brav, Lara, demütige Mädchen haben wir gern. Du wirst uns schon noch kennenlernen und dich daran gewöhnen müssen, uns zu gehorchen!«

Eine Woche lang schrieben wir uns die geilsten SMS, und ich brauchte nunmehr keine eigene Phantasie, wenn ich abends vor dem Einschlafen onanierte. Meine Phantasmen drehten sich ab sofort nur noch um Martin und Ralf. Wenn mir Martin zum Beispiel beschrieb, wie sie mich beide sanft, aber bestimmt, ans Bett fesseln, mich mit vier Händen und zwei Schwänzen zärtlich mißhandeln würden, da lief meine Muschi bereits aus, bevor ich Zeit hatte, ins Bett zu schlüpfen und mich mit einem meiner lustigen Spielzeuge zu befriedigen. Mein letzter Lover Jim hatte mir nämlich in einem Anflug von größter Güte einige geile Spielzeuge wie Handschellen, diverse Dildos, Liebeskugeln, Kerzen in verschiedenen Größen und lange Stricke zu Weihnachten geschenkt. Leider hatte ich noch nicht oft die Gelegenheit gehabt, diese tollen Sachen mit Männern auszuprobieren, also gebrauchte ich sie zu meiner Selbstbefriedigung.

Eines Abends, ich war voller Begeisterung dabei, mich in Gedanken mit Martin und Ralf zu amüsieren, klingelte das Telefon. Es war zu spät, um ein anständiger Telefonanruf zu sein. Oder aber es handelte sich um einen Notfall, denn ich hatte eine ziemlich kranke Mutter im Krankenhaus. Ich legte also die elektrische Zahnbürste zur Seite und nahm den Hörer ab. Ich meldete mich mit rauher, fast gehauchter Stimme, aber ich hörte lange keine Reaktion am anderen Ende der Leitung.

»Bist du es, Lara? Hier ist Martin. Hab' ich dich geweckt, oder was tust du gerade?« fragte eine sehr männliche erotische Stimme.

Meine Sinne waren blitzartig wach, aber meine Klitoris pulsierte immer noch von der extremen Behandlung mit meinem Lieblingsspielzeug. Was für eine Stimme! dachte ich. Mensch, wenn der Typ doch nur bei mir wäre. Und ich verging vor Selbstmitleid, ihn nur am anderen Ende der Leitung und nicht in meinem Bett zu haben. Wie seine SMS wirkte auch seine Stimme aufgeweckt, seine Worte intelligent und auserlesen. Die meisten geilen Männer waren leider etwas dumm, und allein dieser Zustand machte es aus, daß sie mich dann nicht mehr so erregten. Aber Martin sagte mir schöne, erregende, aber trotzdem nicht ordinäre Worte, säuselte mir die aufregendsten Dinge ins Ohr, die er mit mir anstellen würde, und seine obszönen Geschichten drangen wie Blitze in mein Gehirn, von dort aus über mein Rückgrat direkt zwischen meine Beine. Ich war begeistert von ihm. Männer, die beim ersten Anruf von Ficken, Schwänzen und Fotzen sprachen, konnte ich nicht ausstehen. Auch wenn ich ein geiles Miststück war, liebte ich es, wenn Männer eine gewisse Bildung und Feinfühligkeit an den Tag legten. Wenn wir dann bei der Sache waren, hatte auch ich Freude an versauten Ausdrükken und gebrauchte sie sogar selber gerne.

»Hallo Martin, nein, du hast mich nicht geweckt,

dreimal darfst du raten, was ich gerade tue. Du rufst gerade richtig an.«

»Spielst du mit dir?« Seine Frage tönte so unschuldig, daß ich beinahe enttäuscht war. »Soll ich vorbeikommen und dir dabei helfen? Brauchst du einen Schwanz?«

Hoppla, jetzt war die beschriebene Grenze leicht überschritten, und ich wurde ganz wach und war nicht mehr so sehr begeistert.

»Nein, Lara, das war nur Spaß. Keine Sorge, so einfach werden wir es dir nicht machen. Und bevor du unsere guten Stücke überhaupt zu Gesicht bekommst, wirst du stundenlang verwöhnt. Und wer weiß, vielleicht auch ein ganz klein wenig gequält. Glaubst du, daß dir das gefallen könnte? Sag mir, wann wir zu dir kommen dürfen.«

»Sicher würde mir das gefallen, aber nicht so schnell, Martin. Ich lasse euch nicht einfach antraben und dann geht's los. Zuerst will ich euch auf neutralem Boden treffen und kennenlernen.«

»Das ist für uns auch okay. Hör zu, Ralf hat eine Kneipe, das wäre doch der ideale Ort, sich ein wenig zu beschnuppern. Wie wäre es mit dem nächsten Samstag? Du sagst mir, wo ich dich abholen kann, und dann fahren wir gemeinsam dorthin.«

»Superidee«, erwiderte ich. »Ich kenne an der Autobahnausfahrt das neue Tenniscenter, habe dort jahrelang Tennis gespielt. Wollen wir uns vielleicht um sieben Uhr dort treffen?«

»Klar, kein Problem, ich sage Ralf Bescheid. Aber

sag mal, warst du gerade wirklich am Wichsen, als ich angerufen habe? Und dachtest dabei eventuell schon ein wenig an uns drei, wie wir zusammen eine tolle Nacht verbringen? Wie wir dich züchtigen und dir den Meister zeigen? Weißt du überhaupt, daß Ralf und ich das Szenario des Abends schon besprochen haben? Kannst dich freuen, es wird aufregend für dich.«

»Mmmmmm, du machst mich fertig, und ich laufe aus vor Erregung. Ja, ich war am Onanieren, als das Telefon klingelte, als hättest du es gespürt. Du hast eine irrsinnig sinnliche Stimme, Martin. Darf ich dabei weitermachen? Darf ich mich streicheln, während du mit mir sprichst? Das ist so aufregend.«

»Ja, mach weiter, ich wichse auch schon lange. Ich erkläre dir jetzt, was du bei unserem ersten Treffen zu erwarten hast. Du sprachst in deinen SMS mehrmals von deinen lustigen Spielzeugen. War das eine Erfindung, oder hast du solche Gerätschaften tatsächlich zu Hause? Sonst müßten wir ein paar mitbringen, um dich zu züchtigen und dich Disziplin zu lehren.«

Himmel, allein diese beiden Worte ‚Disziplin' und ‚züchtigen' hatten bei mir eine solche Wirkung, daß ich laut in den Telefonhörer schrie, noch bevor ich begriff, daß ich einen kolossalen Orgasmus erlebte. Ich hechelte und konnte mich kaum erholen, weil mich Martin mit seiner verdammten Stimme ununterbrochen anspornte und mir obszöne Worte zurief. Seinem lauten Atmen nach zu schließen, war er auch gerade am orgasmieren, und es war unbeschreiblich toll. Ich hatte noch nie Telefonsex gehabt, und ich war überwältigt. Eine Welle ungeheurer Emotionen überflutete mich, und ich mußte leise weinen. Das passierte mir leider öfters nach einem Orgasmus.

»Alles okay, Liebes, weine nur, das tut gut. Hast vermutlich viele angestaute Sorgen in dir verborgen, daß dich dieser Orgasmus derartig erschüttert. Laß es raus, heul dich ruhig bei mir aus, und stell dir vor, du liegst in meinen Armen, und ich streichle sanft dein Haar. Du bist die wunderbarste Frau, die ich je kennengelernt habe, Lara. Schluchz ruhig, ich fange deine Tränen mit meinen Lippen auf.«

Ein Psychologe war er also auch noch, der Martin. Mensch, womit hatte ich das verdient. Ein so geiler Typ, eine solche erotische Stimme und dazu noch lieb und intelligent. Wo war hier der Haken, fragte ich mich? Im Moment lag ich virtuell in seinen Armen, und es tat gut.

*

Eine solch lange Woche hatte ich in meinem ganzen Leben noch nie durchgemacht. Es war kaum auszuhalten, und es war unmöglich, konzentriert zu arbeiten. Wenn Martin nicht mal zwischendurch angerufen hätte oder eine liebe, manchmal auch geile SMS geschrieben hätte, hätte ich diese Woche sicher nicht überstanden.

Plötzlich fiel mir auf, was ich schon lange hätte bemerken müssen. Was war eigentlich mit Ralf? Warum hatte ich noch nie etwas von ihm gehört? Das war etwas suspekt und irgendwie undurchsichtig. Sofort kamen mir die verrücktesten Gedanken: Ralf existierte nicht, und Martin hatte sein Inserat nur so formuliert, um eine aufregende Frau kennenzulernen. Im letzten Moment würde er dann einen Kollegen anheuern und diesen mit zu mir nach Hause schleifen oder was weiß ich. Aber nein, er hatte etwas von einer Kneipe erwähnt, die Ralf besaß. Ach was, ich glaubte ihm kein Wort. Warum waren Hunderte SMS von Martin gekommen und keine einzige von Ralf? Ich zermarterte mir den Kopf, bis ich es nicht mehr aushielt und Martin direkt darauf ansprach.

Auf meine Frage hin antwortete er, als wäre es das Einfachste auf der Welt, daß Ralf kaum Zeit hätte für eine SMS, da er nicht nur der Besitzer der Kneipe sei, sondern auch noch selber dort koche und kaum eine Minute Freizeit hätte. Ich überlegte mir, wie er es denn anstellen will, eine Nacht für mich zu opfern. Aber schon schwatzte Martin weiter, ich dürfe gerne seine Handynummer haben, dürfe aber nicht erstaunt sein, wenn es die meiste Zeit ausgeschaltet sei. Ralf hätte eine eifersüchtige Freundin, die auch im Restaurant arbeite und ihn auf Schritt und Tritt kontrolliere. Die beiden hätten ein Kind zusammen, seien aber nicht verheiratet. Kaum hatten Martin und ich aufgehängt, schrieb ich Ralf eine scharfe SMS und war gespannt, ob er auch so süß reagieren würde wie Martin, wenn er überhaupt darauf antworten würde. Auch jetzt dachte ich, daß mir Martin nur seine zweite Handynummer gegeben haben könnte, und er mir selber auf meine SMS antworten würde.

Als drei Stunden später eine sehr freundliche Message mit Ralfs Nummer zurückkam, wußte ich, daß es sich nicht um Martin handeln konnte, denn sein Schreiben hatte einige Flüchtigkeitsfehler, was bei Martin nie der Fall gewesen war, und die Worte hörten sich etwas weniger gebildet an als jene von Martin. Also wußte ich, obwohl ich die letzten Zweifel immer noch nicht ausräumen konnte, daß Ralf existierte.

Am selben Abend um zehn klingelte mein Handy, ich erkannte Ralfs Nummer, und ich war gespannt, wie seine Stimme klang. Sie war zwar nicht so erotisch wie jene von Martin, aber sie war tief, warm und männlich. Seine Worte waren sympathisch und seine Art sehr freundlich. »Weißt du, wo ich im Moment gerade stecke?« fragte er mit einem neckischen Lachen und einem nicht definierbaren Akzent. »Ich sitze auf dem Klo, denn wenn ich vom Hauptanschluß aus telefoniere, kommt meine Freundin und horcht mich aus.«

Na, wenigstens war er ehrlich und verheimlichte mir nicht, daß er liiert war, das war doch schon ein schöner Zug. Da ich keine Bindungsabsichten hatte – ich halte mich selbst für beziehungsunfähig –, machte mir dieser Umstand nichts aus. Im Moment dachte ich noch nicht, daß mir diese Tatsache eines Tages doch noch zu schaffen machen würde.

»Wir freuen uns wahnsinnig, dich am Samstag zu treffen«, plauderte er munter drauflos.

»Ich freue mich auch«, antwortete ich ehrlich. »Wird uns deine Freundin nicht dazwischenfunken?« wollte ich wissen.

Sie würde an diesem Tag nicht da sein, erklärte mir Ralf, hätte sie doch an den Samstagen immer frei. Er nähme sich dafür im Gegenzug an den Sonntagen frei. Es ginge nicht anders, weil seine Kneipe 365 Tage im Jahr geöffnet sei. Armer Kerl, dachte ich mir. Niemals ein paar Tage am Stück frei zu haben, mußte hart sein. Wie konnten die beiden das nur aushalten, und dann noch mit einem Kind!

»Okay, Lara, ich muß jetzt wieder. Wir sehen uns am Samstag um sieben. Mach's gut, hat mich sehr gefreut, dich zu hören. Bis dann also.«

Und wir verabschiedeten uns herzlich. Ralf bekam zu guter Letzt von mir noch eine aufregende SMS, um ihm die Arbeit bis zum Feierabend etwas zu verkürzen, und er antwortete mit denselben freundlichen Worten, mit denen er am Telefon mit mir gesprochen hatte. Ich war im siebten Himmel. Zwei flotte Typen, nett und süß und aufregend. Jetzt fehlte nur noch, daß sie einigermaßen gut aussahen, dann würde ich sterben vor Glück.

Die Woche verging schlußendlich doch ziemlich rasch, und plötzlich war der Samstag da. Bereits am Morgen überlegte ich fieberhaft, was ich wohl anziehen sollte, um den beiden zu gefallen. Es mußte unauffällig, aber trotzdem sexy aussehen, ziemlich jugendlich, weil Martin und Ralf sehr viel jünger waren als ich, und trotzdem durfte ich mich mit allzu flotter Bekleidung nicht lächerlich machen. Ich entschloß mich nach langer Auslese und endlosen An- und Auszieh-Übungen vor dem Spiegel für meine rassige blaue Lederhose und einen hautengen weißen Pulli und darüber eine elegante, leicht taillierte schwarze Lederjacke. Ich sah jung und sportlich aus, und da es Spätsommer war, würde es um sieben nicht mehr so fürchterlich hell und sonnig sein, und meine Fältchen im Gesicht würden weniger auffallen. Ich fuhr viel zu früh von zu Hause weg, um ja nicht zu spät zu kommen. Es war eine meiner Unarten, für meinen Rendezvous-Partner aber sehr praktisch, daß ich aus lauter Angst, zu spät zu kommen, immer viel zu früh zu meiner Verabredung erschien. Zudem wollte ich aus meinem BMW aussteigen und auf dem Parkplatz umherspazieren, da ich es nicht so schätzte, wenn man mich als hochnäsigen Snob abstempelte, nur weil ich große Markenautos liebte.

Mein Plan ging leidlich in die Hose, denn Martin war ebenfalls viel zu früh da. Ich nahm jedenfalls an, daß er es war. Wir hatten vergessen, uns zu beschreiben, das heißt, nur Martin wußte, daß ich eine große, schlanke, blonde und sportliche Erscheinung war. Als aber ein bleicher, haarloser und dicklicher Typ auf mich zukam, vermutete ich, daß es sich nur um eine Verwechslung handeln konnte, und daß dieser Mann niemals der erotische, intelligente Martin sein konnte, der mir mit seinen SMS und sinnlichen Telefonanrufen dieses sagenhafte Herzklopfen verursacht hatte. Das konnte er mir schlicht nicht antun. Aber er war es doch ... ich glaube, ich wäre umgefallen, wenn ich nicht noch immer in meinem Wagen gesessen wäre. Bloß schnell wieder weg von hier, nur noch fliehen, dachte ich mir, eine andere Lösung gab es nicht. Blind-Dates sind halt doch Scheiße, dachte ich bei mir. Aber man hat ja so seinen Anstand und eine gewisse Kinderstube genossen, nicht wahr, und ich stieg schweren Herzens doch aus meinem Wagen und begrüßte ihn. Als er mich umarmte, um mich auf die Wange zu küssen, entdeckte ich, daß er auch noch leicht schielte ... Um Himmels willen, dachte ich mir. Einen schielenden, dicken, blassen Glatzkopf! Ich wußte nicht, was mit seinen Haaren passiert war, entweder waren sie ihm ausgefallen, oder er hatte sie abrasiert. Mein Gott, ich werde verrückt, dachte ich mir.

Was mache ich nun? Auf keinen Fall gehe ich mit ihm, ich will mich doch nicht schämen ... Was ist, wenn mich jemand in Ralfs Kneipe kennt.

Martin sah meine Unschlüssigkeit, und als er mich freundlich ansprach, erkannte ich seine Stimme. Tatsächlich, er war es! Ich mußte nur die Augen schließen – was ich auch tat –, und ich erkannte seine markant schöne Stimme. Martin glaubte, mir sei nicht gut, und er stützte mich, indem er meinen Arm ergriff. Mir war tatsächlich leicht schwindlig, und ich griff in meine Handtasche, holte ein Päckchen Zigaretten hervor und zündete mir einen Glimmstengel an. Ich mußte Zeit gewinnen, auf keinen Fall wollte ich mich mit diesem Monster auch nur einen Schritt von meinem Wagen entfernen. So selbstsicher wie Männer meistens auftreten, hatte er keine Ahnung, was in mir vorging. Ich konnte ihm schlecht sagen, mir wäre jämmerlich zumute, weil er so daneben aussah. Wie konnte ich mich also aus dieser verdammten Situation befreien? Ich rauchte ruhig, und er ließ es zu, glücklicherweise ohne mich zu fragen, warum ich immer noch an meinem Wagen angelehnt, keinen Schritt in Richtung seines schmutzigen uralten Mazdas tat. Martin hatte zwischen einigen ausgetauschten Banalitäten vorgeschlagen, daß wir mit seinem Auto zu Ralf fahren sollten. Als mir dieser Satz wieder einfiel, dachte ich schlagartig: Ach was soll's, ich gehe einfach mit. Wer weiß, vielleicht sieht ja Ralf gut aus, und ich kann dann immer noch entscheiden, mich nur mit ihm zu treffen.

Ziemlich echauffiert stieg ich in Martins dreckiges Auto und sprach kein Wort mehr. Erstaunlicherweise respektierte er meine Verfassung und sprach selber nur wenig. Er war intelligent und sensibel, da konnte ich nicht auch noch verlangen, daß er attraktiv und sexy aussah.

Ralfs Kneipe, ein altes, nicht sehr einladendes Gasthaus, war in einem verlorenen, verruchten Viertel gelegen, durch das eine Eisenbahntrasse, nur wenige Meter vom Lokal entfernt, führte. Sicher würde man im Innern des Hauses kaum sein eigenes Wort verstehen, wenn auf der Bahnlinie reger Verkehr herrschte. Martin ging nicht auf den Eingang zu, sondern ums Haus herum in den Garten. Offensichtlich wollte er sich mit mir auf die Gartenterrasse setzen. Gut so, dachte ich, denn in diese abscheuliche Schenke hätte mich kein Mensch gebracht. Ich folgte ihm wie ein geschlagenes Hündchen, und wir setzten uns an einen runden Tisch. Sofort entdeckte ich einen großen bulligen Typen in weißer, leicht verschmutzter Küchentracht, der zwei Teller an einen Nachbartisch brachte. Er hatte zwar einen kleinen Bierbauch, dafür war er breitschultrig und hatte einen muskulösen Oberkörper. Er sah im ersten Moment nicht sonderlich gut aus, aber er hatte etwas Animalisches, etwas sehr Anziehendes und Sympathisches an sich, das ihn dann doch wieder attraktiv erscheinen ließ. Das mußte Ralf sein.

Martin hatte mich beobachtet, und als ich den Kopf zu ihm drehte, den Mund aufmachte und ihn fragen wollte, ob ...? nickte er nur mit dem Kopf.

»Ja, das ist Ralf. Der gefällt dir, nicht wahr? Der gefällt immer allen Frauen, und alle sind geil auf ihn, es ist fast schon unheimlich!« Martin hatte diese Worte mit einer solchen Verbitterung ausgesprochen, daß ich heraushören konnte, wie hart es für ihn sein mußte, wenn sie zusammen auf Tour gingen, Ralf die geilsten Weiber abschleppte und er, Martin, leer ausging.

»Was heißt hier gefallen«, konterte ich. »Ja, er sieht tatsächlich nicht schlecht aus, aber gerade umfallen würde ich deswegen nicht, glaube mir.«

»Ach was, sei doch ehrlich, ich sehe es dir an, du bist schon ganz scharf auf ihn.«

»Jetzt halt doch mal die Luft an, wie redest du überhaupt mit mir!« erwiderte ich enerviert. Aber ich schaute effektiv immer noch gebannt auf diesen Typ und konnte meinen Blick nicht von ihm lösen. Ich war schon ganz gespannt auf den Moment, wenn er sich umdrehen und an unseren Tisch kommen würde. Er drehte sich tatsächlich um, sah uns beide flüchtig an, und weg war er! Ich war empört. Was fiel ihm ein, uns nicht einmal zu begrüßen. Ich war im Begriff aufzustehen und wegzugehen. Wohin, wußte ich im Nachhinein auch nicht, war ich doch auf Martins Wagen angewiesen. Plötzlich legte mir Martin beruhigend eine Hand auf die Schulter und bat mich, mich wieder hinzusetzen.

»Hör zu, am Nebentisch sitzen gerade gute Bekannte seiner Freundin, da kann er dich nicht übermäßig begrüßen. Hab ein wenig Geduld, nach Feierabend hauen wir alle drei ab, und da kannst du ihn zur Genüge kennenlernen.«

»Nach Feierabend ... ich glaube es nicht, es ist Viertel nach sieben, du glaubst doch nicht im Ernst, daß ich bis nach Mitternacht hier sitze und auf ihn warte. Er hätte uns ruhig begrüßen können. Die Freunde neben uns hätten doch gedacht, ich sei eine Bekannte von dir. Und zudem hat er doch ein Recht, alle seine Gäste zu begrüßen.« Ich schnaubte und war außer mir. Ich schwitzte trotz des kühlen Abends und kam mir vor wie eine eifersüchtige Hexe. Als die Bedienung an unseren Tisch kam und nach der Bestellung fragte, erklärte ich, daß wir nichts trinken möchten und gleich wieder gehen würden.

»Bring uns bitte einen halben Liter Rotwein vom Haus, Marie-Louise.«

»Den kannst du alleine trinken, ich nehme mir eine Taxe und fahre zu meinem Auto.«

»Mach doch nicht so ein Theater, Lara, der kommt uns schon noch begrüßen, ich bitte dich, gib ihm doch wenigstens eine Chance. Siehst du, das meinte ich mit Ralfs Charme, er macht alle Weiber verrückt, immer und immer wieder, und wenn es nicht vor Liebe ist, dann vor Wut. Du reagierst bereits typisch auf ihn, ich schwöre es dir.«

Martin hatte recht. Was war mit mir los? Wieso reagierte ich so heftig? Wieso führte ich mich auf wie eine Furie? Das war nicht mein Naturell, ich war eine besonnene, ruhige Person, die sich in jeder noch so verrückten Lage beherrschen konnte. Und dieses

Würmchen von ‚Koch‘ brachte mich aus der Fassung? Allein deswegen mußte ich noch bleiben, nur schon, damit ich ihm meine Meinung über sein Verhalten an den Kopf werfen konnte. Tatsächlich näherte sich Ralf nach geschlagenen fünfzehn Minuten unserem Tisch, setzte sich, und streckte mir seine Hand entgegen.

»Ach, schau mal her, der Chef gedenkt doch endlich, seine neuen Gäste zu begrüßen! Wie überaus freundlich von ihm. Es war auch höchste Zeit, ich wollte schon wieder abhauen.«

Er lächelte nur frech, sagte kein Wort, und seine hellblauen Augen blitzten. Seine blendend weißen Zähne, sein Lächeln und seine Frechheit hatten mich bereits in seinen Bann gezogen, und ich schwieg und schaute ihn nur wortlos an. Jetzt wußte ich genau, was Martin meinte, als er erklärte, daß Ralf jede Frau umhaute und verrückt machte. Ich spürte bereits ein Kribbeln zwischen meinen Schenkeln, und als er seine Hand auf meinen Unterarm legte, bewirkte diese einen kleineren Tumult in meinem ganzen Körper, als hätte er sie mir in den Ausschnitt gesteckt. Ich war verloren, und meine Wut war verflogen.

»Entschuldige, schöne Frau«, sagte er mit seiner tiefen Stimme. »Ich weiß, es war nicht sehr nett von mir, aber ich habe wieder mal einen Höllenstreß und wollte erst zu euch rüberkommen, wenn ich mir die Zeit nehmen kann, zwei Minuten bei euch zu sitzen. Verzeihst du mir, Lara?«

Ich hätte ihm zu diesem Zeitpunkt alles verziehen, ich war wie weggetreten, und auch wenn er in mein

Glas gespuckt hätte, ich hätte ihm verziehen. Ich murmelte etwas von »schon in Ordnung, sorry« und schämte mich wegen meines dummen Verhaltens. Verlegen nahm ich mein Glas und nippte lustlos daran. Ich wußte nicht, was ich sagen sollte, konnte aber gleichzeitig meinen Blick nicht von Ralf lösen. Endlich gab er meinen Arm frei (seine Berührung hatte bei mir am ganzen Körper eine Gänsehaut ausgelöst) und bestellte sich ein Mineralwasser. Da fand ich meine Stimme wieder und fragte, ob er nicht mit uns anstoßen wolle.

»Ich trinke keinen Alkohol, weißt du, aber ich werde schon noch mit dir anstoßen.« Dieser einfache Satz hatte, aus seinem Mund ausgesprochen, so etwas Perverses und Obszönes, als würde er in der Öffentlichkeit gesagt haben: »Ich werde schon noch mit dir ficken ...«

Ich spürte, wie mein Gesicht heiß wurde und vermutlich rot anlief. Zum Glück war die romantische Gartenbeleuchtung so schwach, daß keiner der beiden etwas merkte. Die Bedienung brachte Ralf sein Mineralwasser, und kaum hatte er nur einen Schluck davon getrunken, wurde er schon in der Küche gebraucht.

»Bin sofort wieder bei euch!« entschuldigte er sich und legte vielsagend seine kräftige Hand auf meinen Unterarm, bevor er entschwand. Sein Gastspiel hatte genau dreieinhalb Minuten gedauert.

»Was sagst du?« fragte mich Martin. »Findest ihn sicher auch unwiderstehlich wie alle Frauen und

Mädchen in unserer Umgebung, nicht wahr?«

»Im Moment finde ich ihn unausstehlich, kannst dich trösten. Ich bin nicht eine dieser Tussis, die nur von seiner erotischen Ausstrahlung beeindruckt sind. Ich gebe ihm fünf Minuten, wenn er bis dahin nicht wieder erscheint, gehe ich heim. Ich bezahle schon mal den Wein. Ich lade dich ein, Martin, du bist grundanständig und kannst nichts dafür, wenn ich wütend bin. Fährst du mich dann wieder zurück zu meinem Auto, bitte?«

»Klar fahre ich dich. Aber schmeiß nicht sofort das Handtuch. Ich verspreche dir, Ralf ist ein netter und sehr angenehmer Typ. Er ist nach außen hin manchmal nur etwas merkwürdig. Weißt du, eine Mischung aus Schüchternheit, Introvertiertheit und auch ein wenig wortkarg. Warte noch mit dem Wegrennen, gib ihm noch eine letzte Chance.«

»Einverstanden, Martin. Warten wir es ab. Aber ob er noch mal zu uns an den Tisch kommt, und zwar nicht erst in einer Stunde, hat mit seinen von dir erwähnten Attributen nichts zu tun, das hat nur mit Anstand zu tun.«

Wir warteten über eine Stunde, unseren Wein hatten wir längst ausgetrunken, und Martin bestellte uns noch einen Kaffee. Diesen hätte uns Ralf an den Tisch bringen können, wie er das bei einigen anderen erlesenen Gästen auch tat. Aber nein, er ignorierte uns regelrecht. Entweder war er nicht nur schüchtern, sondern auch blöd, oder aber, und dies war die plausibelste Erklärung, ich gefiel ihm nicht und war ihm zu alt.

Das hätte ich verstanden und akzeptiert, aber er hätte es uns irgendwie mitteilen können und Martin und mich nicht einfach so sitzen lassen sollen.

Ich wartete einen Augenblick, bis Ralf in der Küche verschwunden war, stand rasch auf und ging schnellen Schrittes auf Martins Auto zu. Dieser folgte erst einige Minuten später, denn er war vermutlich zu Ralf in die Küche gegangen und hatte ihm die verworrene Situation erklärt. Als er endlich kam, schaute er traurig und niedergeschlagen aus, öffnete mir galant die Autotür, und wir setzten uns wortlos in seinen Wagen und fuhren los. Erst nach einigen Minuten seufzte er und meinte, ohne den Blick von der Straße abzuwenden: »Er entschuldigt sich bei dir, findet dich absolut super und attraktiv und möchte dich wiedersehen.«

»Da kann er aber lange warten ...!« war meine patzige Antwort.

Mit Martin konnte ich mir ein erotisches Schäferstündchen nicht vorstellen, und Ralf war zwar sexy und gefiel mir ungeheuerlich, aber der war mir zu unfreundlich und zu arrogant. Also war der Traum schon ausgeträumt, und ich hatte wieder einmal zuviel Hoffnung in ein unmögliches Unterfangen investiert, das ohnehin zum Scheitern verurteilt gewesen war. Ich hätte es wissen sollen. So enttäuscht und verarscht wurde ich seit Jahren nicht mehr, und mein Selbstmitleid wuchs immens. Es wurde so groß, daß ich unverhofft zu schluchzen anfing. Der arme Martin wußte nicht, was er sagen sollte, vor allem, weil er nicht genau wußte, was meine Beweggründe für diesen Tränenausbruch waren. Ich nahm an, er war intelligent genug zu realisieren, daß nicht nur Ralfs unmögliches Benehmen mich traurig machte. Er streichelte sachte meine Wange, sagte aber zum Glück kein Wort. Ich hätte in dieser Situation auch keine großen Reden ertragen. Auf dem Parkplatz angekommen, blieb ich noch einen Augenblick sitzen, wischte meine Tränen ab und verabschiedete mich mit einem Kuß auf Martins Wange.

»Das war's dann«, sagte ich mit trauriger Stimme. »Ich glaube, wir lassen es dabei und kontaktieren uns nicht mehr. Bist du damit einverstanden? Es hat so keinen Sinn, okay?«

»Aber nein, Lara, das kann's nicht gewesen sein, hör zu, wir machen es so ...«

Aber ich legte einen Finger auf seine Lippen, öffnete die Autotür und war schon weg.

*

Zuhause angekommen, brauchte ich erst einmal einen starken Drink und mixte mir einen großen Wodka mit wenig Orangensaft. Ich setzte mich wie erschlagen in meinen bequemen Ledersessel, den ich sonst nur zum Fernsehen benutzte, legte meine Füße auf den dafür bestimmten Schemel und blickte ins Leere. Wie hatte ich blöde Kuh mich fast drei Wochen lang so begeistern lassen, ohne mich zu fragen, wie die beiden überhaupt aussahen, was sie für Typen waren, und vor allem, was für Charaktere sie hatten. Ich war selber Schuld, denn bei unserem regen SMS-Austausch handelte es sich ausschließlich um Sex und nicht um Charakterstudien. Wie hätte ich auch nur eine Minute an etwas anderes denken können, wenn jede Message von Martin, dann später auch von Ralf, so unheimlich spannend und erotisch war? Trotzdem, ich war echt beschränkt, fand ich, und trank mein Glas leer. Es war gegen zehn, und ich bekam Hunger. Ich studierte die Fernsehzeitung, entschied mich für einen Thriller mit Debra Winger und Michael Douglas und freute mich auf einen tollen Fernsehabend. Einmal mehr dachte ich dankbar, daß mein Fernseher mein bester Freund war, der mich noch nie enttäuscht hatte, und entschloß mich, an diesem Abend zum hundertsten Mal, daß ich nie wieder etwas mit Männern zu tun haben wollte. Zudem waren Männer ohnehin alle nur Mörder, Vergewaltiger, Messerstecher und Amokläufer. Gestern las ich in der Tageszeitung einen Beitrag über Amok. Im Zusammenhang mit dem Amoklauf von Erfurt, bei dem ein neunzehn Jahre junger Mann achtzehn Personen erschossen hatte, erläuterte uns in diesem Artikel ein Psychologe, was das Wort ‚Amok' außer Wut noch bedeutete, und daß Personen, die eine solche Tat vollbrachten, ‚Amokläufer' genannt wurden. *Amok steht auch für extreme Demütigung und für den daraus resultierenden Gesichtsverlust, der Menschen zu Wahnsinnstaten treiben kann, daher der Begriff Amokläufer. Eine weibliche Form ist nicht bekannt, Amokläufer sind fast ausschließlich Männer.*

Was heißt hier fast? Meines Wissen hatte es noch nie eine Amokläuferin gegeben! Auch wir Frauen hatten Probleme in der Schule und erschossen deshalb nicht unsere Lehrer. Auch wir wurden von unseren Partnern verlassen und erstachen sie deshalb trotzdem nicht. Auch wir hatten familiäre Probleme und erschossen deshalb nicht unsere ganze Familie. *Erweiterter Selbstmord* wurde diese Tat jeweils genannt. Auch wir mußten uns wie die netten katholischen Priester öfters in Zölibat üben, wenn wir aus welchem Grund auch immer keinen Partner fanden und mißbrauchten deshalb keine Kinder, und schon gar nicht unsere eigenen. Auch wir hatten oft unbefriedigte Gelüste und vergewaltigten deshalb keine Männer. Ich hätte noch stundenlang weitere Beispiele nennen können, aber was sollte ich mich aufregen, dieser Abend war mißlungen. Ich hatte sichtlich schlechte Laune, aber ich mußte den heutigen Tag so rasch wie möglich wegstecken und vergessen.

Ich bereitete mir einen schönen Teller mit einer Auswahl leckerer Sachen aus meinem Kühlschrank vor. Da waren diverse Sorten Käse darauf, Meeresfrüchte, Nußbrot, Aufschnitt, Schokolade, Eier, Joghurt sowie eine restliche Tranche Lachs von gestern. So machte ich es mir mit diesen Delikatessen auf meinem komfortablen Fernsehsessel bequem.

Der Krimi war spannend, Michael Douglas spielte wie üblich das Ekel, das seine Ehefrau ermorden lassen wollte, was ihm aber nicht gelang, und ich ging gegen Mitternacht etwas zufriedener ins Bett. Ich war kaum eingeschlafen, als mein Handy klingelte. Auf dem Display erkannte ich Ralfs Nummer und nahm den Anruf nicht an. Nach einigen Sekunden ertönte das SMS-Summen. Natürlich war ich neugierig, was er mir zu seiner Entschuldigung wohl geschrieben haben könnte, aber es war nur das Combox-Zeichen, und ich entschloß mich, diese Ton-Aufzeichnung nicht abzuhören. Kurz darauf konnte ich gleichwohl nicht widerstehen, meine Nachtischlampe anzuknipsen. Ich griff zum Handy und hörte meinen Anrufbeantworter ab. Ralf, mit seiner schmeichelndsten, tiefsten Stimme, bat mich um Verzeihung. Er gab mir als Grund seines unmöglichen Benehmens folgendes Motiv an: »Du warst für mich so überwältigend erotisch und toll, daß ich nicht länger neben dir sitzen konnte, glaub es mir bitte, Lara. Die ganze Sippschaft in der Kneipe hätte bemerkt, daß mit mir etwas nicht in Ordnung ist. Hast du nicht gesehen, daß ich einen Ständer bekam, als ich deinen Arm berührte und deine Reaktion beobachtete? Du hattest ja eine Gänsehaut.«

Er hatte es also doch gesehen. Scheiße, dachte ich mir.

»Hör zu, Lara, gib uns noch eine Chance, lade uns einfach zu dir nach Hause ein, wo wir unbeobachtet und in aller Ruhe miteinander reden können. Ich verspreche, du wirst es nicht bereuen, wir werden dich bis zum Umfallen verwöhnen und werden dir alles geben, was dich erregt und verrückt macht. Laß uns diesen blöden Abend vergessen und verzeih mir, bitte.«

Ich löschte den gesprochenen Text, stellte mein Handy ab und legte den Telefonhörer des Festanschlusses auf den Boden. So konnte er nicht auch noch dort versuchen, mich zu erreichen.

Verständlicherweise gelang es mir nicht einzuschlafen. Nach einer Stunde unruhigen Herumwälzens hatte ich überraschend Sehnsucht nach Ralf, Lust auf ihn und auf seine tolle Stimme, und ich stellte mein Handy wieder an, damit ich seine Mitteilung noch einmal abhören könnte. Aber ich hatte den Text ja gelöscht, oh wie dämlich von mir. Ich sehnte mich nach ihm, und plötzlich waren alle Mörder, Vergewaltiger, Amokläufer und Messerstecher vergessen. Ich hatte gar nicht gemerkt, daß ich bei diesen Gedanken meine Hand zwischen meine Schenkel gelegt hatte und mich sanft streichelte. Meine Bewegungen wurden intensiver, meine Möse wurde triefend naß, und ich dachte an Ralfs Erektion, die er in der Gartenkneipe meinetwegen bekommen hatte. Ich seufzte und hörte, wie Ralf allen Gästen zurief, daß heute früher Feierabend sei und sie schnellstmöglichst verschwinden sollen. Auch Martin schickte er zum Teufel, und als wir endlich alleine waren, sah er mir tief in die Augen und legte seine Hand in meinen Nacken. Sanft zog er mein Gesicht zu sich und küßte mich zärtlich auf den Mund. Als er merkte, daß ich mich nicht wehrte und mich seiner Liebkosung hingab, wurde sein Kuß fordernder.

Er drückte seinen Mund noch fester auf meine Lippen und steckte seine Zunge tief in meinen Rachen. Er zog meinen Oberkörper an seine muskulöse Brust, und mein Busen wurde durch seine innige Umarmung fast erdrückt. Mit einer Hand öffnete er Knopf und Reißverschluß meiner blauen Lederhose und versuchte hineinzugleiten. Die knappe Hose war auch offen noch zu eng, also zog er sie mir aus. Der Seidentanga folgte sogleich. Er hob mich hoch, setzte mich auf den Gartentisch, spreizte meine Knie und drückte seine ausgebeulte Hose gegen meine Scham. Er küßte mich immer noch wie ein Verrückter, und ich genoß, wie ich noch nie einen Kuß genossen hatte. Ich hatte meine Augen geschlossen und spürte, wie er meinen weißen Pulli hochkrempelte und an meine erregten Brüste faßte. Er streichelte sie, massierte sie, knetete sie und liebkoste meine langen harten Brustwarzen. Meine Nippel waren schon süchtig nach seinen Händen und schmerzten vor Erregung. Plötzlich ließ er meinen Mund los und streifte mir den Pullover über den Kopf. Ich war jetzt splitternackt, saß gespreizt vor ihm auf dem Tisch, aber er war noch in voller Montur. Einzig die schmutzige Küchenschürze hatte er ausgezogen. Er öffnete die Knöpfe seiner Jeans und holte seinen erigierten Schwanz heraus. Er machte kein langes Theater, sondern steckte ihn mir brutal in meine nasse Fotze. Ich schrie vor Entzücken leise auf, und dies spornte ihn an, mich mit harten, langsamen und tiefen Stößen zu durchbohren. Er legte mich rücklings auf den Tisch, hielt mich dabei an den Schultern fest, denn mit jedem seiner Stöße schob er mich um einige Zentimeter von sich weg. Er hatte eine solche Kraft, daß der Tisch unter seinen heftigen Hüftbewegungen fast auseinanderbrach. Ruckartig zog er seine Keule aus meiner Möse, packte mich an beiden Armen und stellte mich vor sich auf die Beine. Wieder küßte er mich hart und kniff in meine Brustwarzen.

Während der ganzen Prozedur hatte er kein Wort gesagt, sein Blick war grimmig und, wie mir schien, wutentbrannt. Natürlich mußte er zornig auf mich sein, war ich doch einfach so ohne eine Geste nach Hause gegangen. Er küßte mich so stürmisch und leidenschaftlich, daß ich kaum atmen konnte. Kurz bevor ich zu ersticken drohte, ließ er meinen Mund los, faßte mit beiden Händen an meine Hüften und drehte mich entschlossen um. Er preßte meinen Rücken an seine Brust, seine Hände umklammerten meine zarten Brüste, und ich spürte seinen steifen Schwanz in meinem Rücken. Er pulsierte, und erst da realisierte ich, wie groß er war. Die meisten Männer, die ich kannte, hätten ihre Penisse in dieser Stellung schon in meiner Pospalte versenkt. Er aber griff mir unter die Arme, hob mich ein wenig hoch und zwang meinen Oberkörper auf die Tischplatte.

»Streck mir deinen Arsch schön entgegen, du unverschämte Göre, ich werde es dir besorgen, und du wirst dir eine solche Frechheit wie heute abend mit mir nie mehr erlauben.« Ohne Vorwarnung stieß er zu und vögelte mich unbändig und hemmungslos.

Als er seinen Schwanz aus meiner Fotze zog, war ich enttäuscht und wollte aufbegehren, kam aber nicht dazu, denn es verschlug mir vorher die Sprache. Bevor ich irgendeinen Pieps hätte glucksen können, fickte er mich hart in den Arsch. Er tat mir weh, und ich versuchte, mich zu wehren, aber Ralfs eiserner Griff hielt mich wie die Backen eines Schraubstockes fest. Er stieß erbarmungslos zu, ohne sich einen Deut darum zu kümmern, wie sehr ich litt. Als ich doch anfing, mich nach dem ersten Schreck ein wenig zu entspannen, erregten mich seine langsamen, aber festen Bewegungen in meinem engen, kleinen Löchlein, und plötzlich spürte auch ich eine unendliche Lust und Hitze in mir aufkommen. Als ich mich aufbäumte und plötzlich schrie, hielt er mir die Hand vor den Mund und biß in mein Haar. Ich spürte, wie auch er kam, und die Welle der Lust und des Orgasmus verwandelte sich in eine Woge der Liebe und der Dankbarkeit.

Ein Klingeln brachte mich wieder in die Wirklichkeit zurück. Ich wollte jetzt keine Unterbrechung, aber mein Handy läutete unerbittlich. Ich lag zu Hause alleine in meinem Bett! Ohne zu überlegen nahm ich mit einer automatischen Handbewegung ab, und Ralf war am anderen Ende.

»Hallo«, flüsterte ich verschlafen.

»Ich bin es: Ralf. Häng bitte nicht auf, ich muß mit dir sprechen. Hast du meine Nachricht vorhin nicht gehört? Ich habe auf deine Combox gesprochen. Hör zu, ich entschuldige mich noch einmal von Herzen. Sei nicht böse über mich, ich möchte den Kontakt zu dir aufrecht erhalten und dich unbedingt noch einmal treffen.«

»Schon okay«, erwiderte ich. »Habe soeben von dir geträumt, es war ein Tagtraum, ich habe mit dir gebumst, in deinem Garten. Du hast mich auf einen der Tische in der Gartenwirtschaft gelegt und mich brutal genommen.«

»Möchtest du das mal erleben, Lara? Für dich würde ich den Laden in Betriebsferien schicken«, sagte er lachend. »Laß Martin und mich mal zu dir kommen, wie im Inserat und in unseren vielen SMS abgesprochen, es würde dir sicher gefallen, von zwei Männern verwöhnt zu werden. Glaub mir, du würdest entzückt sein, wenn du wüßtest, was wir mit dir vorhaben.«

»Ach, hör doch auf, Ralf. Du glaubst doch nicht, daß ich mich von Martin auch nur berühren lasse, oder? Sorry, aber er sieht nicht gerade sehr verlockend aus.«

»Ich weiß, Lara, er ist häßlich, aber interessant und ein guter Liebhaber ist er deswegen doch, und zudem, mit mir zusammen würde das schon gehen. Ich gefalle dir doch ein ganz klein wenig, oder? Und wenn nicht, könntest du ja die Augen schließen. Abgesehen davon, schöne Frau, wir werden dir sowieso die Augen verbinden, wenn wir dich mißbrauchen, und da spielt es für dich keine Rolle, wie wir aussehen.«

»Aufhören, du machtst mich ganz geil, wenn du solches Zeugs erzählst. Ich muß jetzt schlafen, ich habe morgen einen schweren Tag vor mir. Ich überlege es mir, Ralf.«

»Einverstanden, Liebes, aber bedenke gut, was du verpaßt, wenn du nicht mitmachst. Ich wünsche dir eine gute Nacht und weiterhin süße Träume. Denk an meine Hände, die dir heute abend bereits so schöne Gefühle beschert haben. Denk daran, wie sie nicht nur auf deinem Arm liegen, sondern überall auf deinem Körper, vor allem auf deinen schönen Brüsten und zwischen deinen Schenkeln.«

Wir legten auf, und ich war wieder sehr aufgewühlt, nur weil er von seinen Händen auf meinem Körper gesprochen hatte. Von Schlafen war einmal mehr keine Rede, und ich fummelte wieder an mir herum und war scharf wie eine Rasierklinge, als das SMS-Zeichen meines Handys ertönte. Es war Ralf, der schrieb: *»Ich küsse deine sinnlichen Lippen, deine schönen Augen und deine Muschi. Ich streichle deinen Busen und liebkose dich von Kopf bis Fuß. Ich stecke meine zwei längsten Finger zwischen deine Schamlippen und las-*

se sie dort liegen, bis du einschläfst.«

Denkste, von Schlafen keine Spur. Ich schrubbte meine Klit, daß die Wände wackelten, und spürte, als wäre Ralf bei mir, wie er mich auf den Tisch legte, meine Schenkel hochhielt, sie spreizte und sich über mich beugte. Während er mich inständig küßte, drang er mit seinem wundervollen Schwanz tief in mich ein und fickte mich stundenlang. Kurz bevor er losspritzte, hielt er sich zurück, zog sich aus meiner triefenden Scham zurück und stieg auf den Tisch. Er kniete über meinem Oberkörper, beugte sich nach vorn und zwang mich, seinen dicken Schwanz in den Mund zu nehmen. Er war honigsüß von meinem Liebessaft, und ich leckte und lutschte mit Wonne daran. Ich wollte diesen schönen Penis aussaugen und bis zum letzten Tropfen leertrinken. Als in meiner Vision plötzlich auch noch Martin dazukam und mir seinen Daumen in die heiße Möse steckte, war ich endgültig verloren. Ein Orgasmus näherte sich langsam, aber intensiv, und ich war einige lange Minuten auf dem Höhepunkt, ohne daß die erlösende Linderung eintrat. Ich stellte mir vor, daß mich Martin jetzt fickte, und schon ging es los. Zwei Schwänze in meinem Körper, einer im Mund, einer in der Fotze, was wollte eine Frau mehr, um glücklich zu sein. Ich stöhnte und schrie lauthals los, und meine Nachbarn erfreuten sich einmal mehr über mein offenes Schlafzimmerfenster.

*

Der Kontakt mit Martin und Ralf blieb über Telefon oder über SMS erhalten, aber ich weigerte mich entschieden, sie ein zweites Mal zu treffen. Einzig wenn ich onanierte, hatte ich Lust, sie endlich einmal in der Wirklichkeit zu erleben. Immer während ich abends spät in meinem Bett an die beiden dachte, fing ich an, an mir herumzuspielen, bekam große Lust nach ihnen und schickte ihnen dann geile SMS, die meistens von beiden aufregender denn je beantwortet wurden. So entdeckte ich eine, wie ich sie nannte, neue Marktlücke, nämlich SMS-Sex. Warum sollte nach Telefon-Sex, Sex und Pornographie über das Internet nicht auch SMS-Sex seine Liebhaber finden? Die erregenden Messages der beiden behielt ich oft tagelang gespeichert und konnte sie dann je nach Bedarf wieder aktivieren und mich daran erfreuen.

Gestern war Sonntag, und ich hatte einen reinen Faulenzertag geplant, hatte keine Verabredungen und beabsichtigte, außer Lesen und etwas Fernsehen, rein gar nichts zu unternehmen. Wie fast immer an solchen Tagen wurde in unruhig, verspürte Lust auf einen Mann, legte mich auf mein Bett und fing an, mich selbst zu befriedigen. Ich wußte nicht, was Martin und Ralf gerade taten, aber ein Telefongespräch mit ihnen oder eben wieder einmal so ein lustvoller SMS-Sex wäre jetzt genau das Richtige gewesen. Ich stand von meinem Bett auf, holte mein Handy, das ich im Wohnzimmer liegengelassen hatte, und überlegte mir eine lüsterne Geschichte, die die beiden aufgeilen sollte. Die Phantasie, die ich in solchen Momenten entwickle, kommt mir selbst manchmal unheimlich vor. Mir kam eine erregende Story in den Sinn, und ich begann zu schreiben, daß meine beiden Daumen zu glühen anfingen:

»Ich spaziere eines lauen Abends mit dir durch den Wald und bewundere die wuchtigen und majestätische Bäume. Sie haben die gleichen Eigenschaften wie die Männer, die für mich in Frage kommen: kräftig, groß, stark, imposant und gebieterisch. Wir sprechen nicht, lassen nur die außergewöhnliche Natur auf uns einwirken. Plötzlich, als könntest du meine Gedanken lesen, packst du mich bei den Schultern, schaust mir mit einem animalischen Blick tief in die Augen und reißt mir überraschend und mit ungezügeltem Temperament die Kleider vom Leib. Ich bin vor Erstaunen wie gelähmt, und bevor ich mich wehren kann, stehe ich nackt vor dir. Erstarrt beginne ich zu zittern, denn deine Blicke machen mir Angst. Ich begreife nicht, woher du die Stricke hast, mit denen du mir ungestüm beide Handgelenke über den Kopf an einem überhängenden Ast festbindest. Dann beugst du dich hinunter, packst mein rechtes Fußgelenk und bindest es an einem Baumstamm fest. Das andere wird an einen anderen Baum gefesselt, und mir bleibt nichts anderes übrig, als mich dir zu unter-

werfen und es geschehen zu lassen. Mit hochgebundenen Armen und gespreizten Beinen stehe ich nackt da und schaue dich flehend und hilflos an.

»Na, wie gefällt dir das, Lara? Hast du mir nicht mal gesagt, daß es dir Spaß machen könnte, wenn ich dich im Wald an einen Baum fesseln würde?« fragt Ralf mit einem unverschämten Lächeln auf dem Gesicht.

»Aber das war doch nur ein Jux und in meiner Phantasie, und das weißt du genau. Bind mich sofort los! Stell dir vor, wenn jemand kommen und uns so sehen würde.«

»Was heißt uns?« grinst er. »Dich werden sie so sehen, ich gehe jetzt wieder nach Hause und lasse dich eine Weile allein. Wer weiß, vielleicht kommt ein böses Tier und schnuppert oder nagt an deiner geilen Pussi. Tschüß, ich gehe jetzt und wünsche dir viel Vergnügen.«

»Bist du wahnsinnig geworden? Laß mich sofort frei und laß uns zurückgehen, ich habe keinen Spaß mehr an unserem Waldspaziergang, du bist ja total von Sinnen.«

Aber Ralf hat sich schon entfernt und mich im Wald alleine gelassen. Ich fange an zu frösteln und mich zu fürchten. Wenn jemand käme, könnte ich als Ausrede immerhin sagen, ich sei entführt und vergewaltigt worden. Dieser Gedanke beruhigt mich ein wenig, aber bei jedem Rascheln des Laubes um mich herum ängstige ich mich und fahre jedes Mal erschrocken zusammen. Trotzdem muß ich feststellen, daß mich diese Angst einmal mehr fürchterlich erregt, denn meine Brustwarzen sind spitz und hart, und meine Muschi triefend naß. Ich könnte vor Entrüstung weinen, als ich spüre, wie mein Mösensaft mir das rechte Bein hinunterrinnt. Wieso hat Angst immer eine solche Wirkung auf mich? Plötzlich spüre ich etwas Kitzelndes auf meiner Schulter, und ich glaube, Ralf ist zurückgekommen. Erschrocken werfe ich den Kopf zur Seite und sehe, wie ein trockenes Blatt nach einer kurzen Landung auf meiner rechten Schulter meine Brust streifend zu Boden fällt. Ich weiß nicht, wie ich mich benehmen soll, ob ich um Hilfe schreien soll, oder ob ich mich in Geduld üben muß und warten soll, bis Ralf aus seinem Versteck zurückkommt und mich befreit. Ich glaube nicht, daß er nach Hause gegangen ist, sicher beobachtet er mich, versteckt hinter einem großen Baumstamm, und erfreut sich an meinen Qualen. Bei diesem Gedanken nehme ich Würde an, ziehe den Bauch ein und blase den Brustkorb auf. Wie kann ich in meiner verzweifelten Lage noch an Ästhetik denken? Dazu kommt, daß ich vor Angst und Kälte pinkeln muß. Auf einmal höre ich Ralfs Schritte hinter mir und bin erleichtert. Endlich, denke ich, hat das Spiel ein Ende, und der Typ wird was zu hören bekommen, wenn wir zu Hause angekommen sind. Vorher werde ich kein Wort sagen und schön brav mit ihm heimtrotten, damit mir bis in die sichere Stube nichts passiert.

Aber es ist gar nicht Ralf! Ein fremder Mann steht vor mir, und ich plappere ihm stotternd eine Erklärung zu, erröte im ganzen Gesicht und schäme mich, wie ich mich in meinem ganzen Leben noch nie geschämt habe. Er macht keine Anstalten, mich sofort loszubinden, sondern betrachtet mich mit unanständigen Blicken von Kopf bis Fuß.

»Wäre eigentlich schade, dich loszubinden, ohne von deiner mißlichen Lage ein wenig zu profitieren, glaubst du nicht, schöne Frau? Ich hatte schon lange keine nackte Frau vor mir, und so wie du dich mir präsentierst, gefällt mir das außerordentlich.« Und er nähert sich gefährlich und hebt die rechte Hand, um mich zu berühren.

Ich schreie lauthals um Hilfe, und er hält mich bestürzt zurück. »Pssssssst ... bist du wahnsinnig geworden? Du weckst doch alle Waldtiere.«

Und er legt mir seine grobe Hand auf den Mund. Mit der anderen Hand streichelt er meine Brust, und ich erstarre vor Schreck. Den Atem anhaltend muß ich machtlos zulassen, daß er mich überall mit seinen beiden Händen begrapscht. Er streicht mir zwischen die Beine, und als er entdeckt, wie naß ich bin, lacht er laut und steckt mir zwei Finger in die Spalte. Ich fahre zusammen und erschrecke über eine solche Unverfrorenheit. Ich bitte ihn, damit aufzuhören und mich loszubinden, aber dies reizt ihn nur noch stärker, und er bohrt einen dritten Finger zwischen meine vor Schreck eiskalten Schamlippen. Mit gemeinen, langsamen Bewegungen geht er damit rein und raus und küßt mich grausam auf den Mund. Überraschend läßt er von mir und greift an seinem hinteren Hosenbund nach einem Gegenstand, den ich in der einfallenden

Dunkelheit zuerst nicht erkennen kann. Es ist ein Taschenmesser mit einer langen Klinge, und als er damit an meiner linken erigierten Brustwarze kratzt, glaube ich, die Besinnung verlieren zu müssen. Vor Entsetzen versagt nun auch noch meine Blase, und ich pinkele über das dunkle Herbstlaub. Ich schäme mich unsäglich.

»Tun Sie mir bitte nicht weh«, bitte ich mit kindlicher, leiser Stimme.

Er lacht, als er sieht, daß ich uriniere, hört zum Glück mit dieser Einschüchterung auf und schneidet mit dem Messer einen kleinen elastischen Zweig von dem Strauch neben dem Baum, an dem ich immer noch nackt gefesselt bin. Er reißt alles Grünzeug herunter und spielt mit dem blanken Zweig vor meinem Gesicht. Ich schaue ihm gebannt und bestürzt zu, und mein Körper bebt vor zwiespältigen Gefühlen. In diesem Moment der Verzweiflung bin ich mir nicht sicher, ob die erwartungsvolle Erregung nicht größer ist als die Angst, die ich verspüre. Ich bin nicht mehr normal, es kann doch im Ernst nicht sein, daß ich mich wie in meinen Phantasmen freue, von diesem fremden Mann ausgepeitscht zu werden. Aber rasch werden mir meine Gefühle wieder klar. Die ersten Hiebe über meine Oberschenkel, meinen Bauch und meine Brüste sind so schmerzhaft, daß meine Vorfreude mit lustvoller Erregung nichts mehr zu tun hat. Jetzt kitzelt er mich mit dem kleinen Ast hämisch lachend am Hals, an den Brustspitzen und zwischen den Beinen, er legt seine Hand an meine Scham und sagt: »Mach noch ein kleines warmes Pipi auf meine Hand, kleines Mädchen.«

Ich winsele leise, und Tränen der Enttäuschung und der Angst rinnen über meine Wangen. Ich darf nicht schreien aus Furcht, er könne ausrasten und mir etwas antun. Wieder zischt die Rute unbarmherzig über meine Brüste, und diesmal entweicht ein lauter Schrei aus meinem Mund.

»Nicht so fest zuschlagen, Alex«, sagt eine vertraute Stimme hinter mir. »Wir wollen uns nachher an diesen schönen Titten noch erfreuen können, oder? Blutige Brüste erregen mich nicht.«

Ich bin erleichtert, Ralfs Stimme zu vernehmen, aber gleichzeitig weiß ich, daß unser Waldspaziergang eine abgekartete Vereinbarung zwischen den beiden gewesen ist, und daß der fremde Typ ein Freund von Ralf sein muß.

»So eine Gemeinheit«, fauche ich. »Wie kannst du mir so etwas antun, Ralf?«

»Aber ich bitte dich, Lara, in deinen SMS und am Telefon hast du mir wiederholt gesagt und geschrieben, daß dich solche Erlebnisse antörnen.«

»Aber doch nicht in der Wirklichkeit, das waren doch nur Tagträume und Phantasien.«

»Ach was, mach weiter, Alex! Dieses kleine Luder macht uns etwas vor, warum sonst hätte sie eingewilligt, eine spannende und tabulose Nacht, wie wir in der Annonce vorgeschlagen hatten, mitzumachen? Du wolltest doch ein Erlebnis mit zwei Männern, Lara, und da dir Martin nicht gefällt, habe ich Alex enga-

giert. So einfach ist das. Und jetzt halt den Mund und genieß diesen aufregenden Moment.«

Ralf setzt sich auf einen am Boden liegenden großen Baumstamm, öffnet seine Hose, zieht seinen Penis heraus und beginnt zu wichsen. Alex spielt mit dem Zweig an meiner Pussi, und ich verkrampfe mich automatisch vor Bangen. Zwischendurch schlägt er kurz und heftig zu, und meine Schamlippen brennen. Dann geißelt er wieder meine Brüste, und ich spüre, wie deren Fleisch sich zu spannen beginnt. Mein nicht sehr großer Busen schwillt an, und die Haut rötet sich. Wieder bitte ich um Erbarmen, und mein Schluchzen schüttelt meinen ganzen Leib.

»Laß ihre Brüste ruhen, Alex, und verhau ihr den Arsch, das liebt sie, und dort kannst du kräftig zuschlagen, ohne allzu großen Schaden anzurichten.«

Alex geht um die beiden Bäume, die mich wie zwei Marterpfähle festhalten, und peitscht meine Pobak-ken heiß. Wieder und wieder prügelt er auf mich ein, und Ralf treibt ihn mit lauten Zurufen an. Alex verdrischt meinen armen Hintern mit voller Kraft, bis auch dieser wund und rot ist.

»He, Ralf, ich kann nicht mehr, ich bin so geil, ich muß sie endlich vögeln.«

»Kein Problem, Alex, ich helfe dir beim Losbinden, dann legen wir sie auf den Baumstamm über meine Jacke und ficken sie oben und unten.«

Rüde reißen sie mir in ihrer triebhaften Eile die Stricke von Armen und Beinen und führen mich zum Baumstamm. Sie zwingen mich auf die Knie, drücken *meinen Oberkörper über das harte Holz und stoßen meinen Kopf nach unten. Was nun folgt, ist kein Bumsen oder Vögeln, wie es Spaß macht und eine Frau erregt, nein, es ist eine reine Vergewaltigung. Abwechselnd steckt mir Alex seinen Schwanz in die Fotze, um dann gleich in mein Arschlöchlein umzusteigen, während Ralf mir den Mund mit seinem dicken Pimmel füllt. Er läßt sich seinen Schwanz saugen und lutschen und gibt mir genaue Befehle, wie er es haben will. Jeder dieser Befehle wird von einem Peitschenhieb auf meine Kruppe begleitet. Als sich in seinem Pimmel die ersten Zuckungen bemerkbar machen, hält er mich am Hinterkopf fest und bohrt seinen Schwanz tief in meine Kehle.*

Fast gleichzeitig stoßen die beiden einen tierischen Brunstschrei aus, und während Alex in meiner Möse anschwillt und abspritzt, muß ich Ralfs Salve in meinem Mund aufnehmen. Er hält zusätzlich eine Hand unter mein Kinn, damit ich stillhalten muß, denn er weiß genau, daß ich nicht gerne Sperma trinke, und zwingt mich auf diese Weise, seinen ganzen salzigen Samen zu schlucken.«

Während ich in meinem Bett mit einer Hand onanierte und mit der anderen diese vielen verrückten SMS schrieb, rumorte es in meinem Bauch, und ich spürte bei mir auch in der Wirklichkeit einen Orgasmus nahen. Ich wollte mich zurückhalten, denn ich wollte Ralf und Martin durch die lüsternen SMS an meinem Spaß teilhaben lassen. Aber bevor ich dazu kam, meine ganze gruselige Geschichte meinen beiden Freunden zukommen zu lassen, gingen bei mir ungeheuerliche Spasmen los, die meinen ganzen Körper erschütterten, und ich erlebte einen der verrücktesten Orgasmen, die mir je widerfahren waren. Ich schrie los, und diesmal war ich froh, daß ich vergessen hatte, das Schlafzimmerfenster zu öffnen.

Ich mußte vor Erschöpfung eingeschlafen sein, denn als ich erwachte, wußte ich zuerst nicht, wo ich war, wieviel Uhr es war und was für einen Tag wir hatten. Mein Radiowecker zeigte siebzehn Uhr, also hatte ich drei Stunden geschlafen.

Auch gut, dachte ich mir, zwar schade für die Zeit, aber schlafen ist ja gesund. Etwas Hartes drückte in meinem Rücken, und als ich das Handy ertastete, mußte ich lachen. Hatte ich die neun SMS jetzt tatsächlich vergeblich geschrieben? Nein, nicht so schlimm, ich konnte sie ja ein andermal schicken. Doch dann fand ich, warum nicht jetzt gleich? Vermutlich war Ralf mit seiner Freundin unterwegs, und sollte er beim Sonntagsspaziergang einen Ständer bekommen, war das in meiner Vorstellung ja ganz lustig. Also schickte ich den beiden mein Walderlebnis über SMS zu und kicherte vor mich hin. Ich mußte mich beherrschen, nicht wieder geil zu werden und wieder zu wichsen, denn beim Durchlesen meiner Geschichte, dies tat ich aus Sorge, es könnten sich Schreibfehler eingeschlichen haben, animierte mich die ganze Story wieder mächtig.

Endlich stand ich dann doch noch auf, ging in die

Küche und bereitete mir ein leckeres Abendbrot vor. Samstags und sonntags hatte ich ein bestimmtes Ritual, das kein Mensch stören durfte. Ich legte mir morgens so gegen halb elf ein spannendes Video auf und brunchte genußvoll und stundenlang. Mit einer herrlichen Auswahl und meinem bekannten Durcheinander an Lieblingsspeisen saß ich dabei im Schneidersitz hinter dem Wohnzimmertisch und genoß Film und Essen. Da konnte das Telefon klingeln, die Türglocke läuten, die Wohnung brennen, die Welt untergehen, das ließ mich alles gleichgültig. Man konnte mich nicht stören. Da dies schlußendlich doch nur ein erweitertes Morgenessen war, kochte ich mir dafür am späteren Nachmittag ein anständiges Nachtessen.

Das SMS-Summen meines Handys ertönte, und ich freute mich schon auf die Reaktion einer der beiden bösen Buben, die unbedingt eine unanständige Nacht mit mir verbringen wollten. Aber es war Bruno, ein ehemaliger Liebhaber, der immer mal wieder etwas von sich hören ließ, und wenn es nur kleine Feriengrüße aus einem fernen Land waren. Bruno hatte mich verlassen, als er unverhofft einen Job in einer anderen Stadt fand. Anfangs fuhren wir noch hin und her, trafen uns manchmal in der Mitte, bis uns der lange Weg für eine kleine Stunde Bumserei doch zu blöd wurde. Mit der Zeit verloren wir uns aus den Augen, und es war gut so. Das Handy raunte schon wieder, diesmal war es Martin. Als ich seine gespeicherte Nummer, also seinen Namen auf meinem Display, erkannte, war ich enttäuscht, denn dieser Typ törnte mich mit seinem Aussehen nun wirklich nicht sehr an. Ich hätte mir gewünscht, daß Ralf reagierte, aber der hatte an Sonntagen frei und war bestimmt mit seiner Freundin und seinem kleinen Sohn unterwegs. Eine Woge der Eifersucht kam in mir hoch, und ich verfluchte mich. Warum bringt mich jeder Gedanke an ihn immer gleich aus der Fassung? Gesehen hatte ich ihn nur etwa eine kurze Stunde, davon dreieinhalb Minuten mit ihm gesprochen. Also ... alte Schachtel, kannst dich doch nicht etwa schon verliebt haben, oder? Ich war wütend und las zum Trost Martins SMS:

»Du kleines, geiles Miststück! Verpaßte wegen dir eine Stunde meines PR-Wochenend-Seminars, weil ich wegen deiner verrückten Geschichte auf dem Klo wichsen mußte. Das muß früher oder später bestraft werden. Wenn du glaubst, daß wir dir das einfach so durchgehen lassen, hast du dich getäuscht. Werde mich mit Ralf absprechen. Aber eines ist klar, du kannst uns nicht ständig mit pornographischen SMS aufgeilen, ohne dafür einmal hinzuhalten und selber dran zu kommen. Eines Abends werden wir dich besuchen, und dann werden wir es sein, die mit dir all diese erregenden, obszönen und perversen Dinge anstellen, mit denen du uns seit Wochen verrückt machst. Und wenn es nicht die Baumstämme im Wald sind, dann aber bestimmt dein Bett, an das wir dich fesseln werden. Kannst dich schon auf was gefaßt machen. Was uns nicht schon selber an zarten Mißhandlungen und sanfter Bestrafung in den Sinn gekommen ist,

hast du uns mit deinen Geschichten beigebracht. Jetzt wissen wir, was dich erregt und was du von einem Mann erwartest. Gerne werden wir dich auf diese zwar etwas bizarre, aber nicht uninteressante Art verwöhnen und bis in den Wahnsinn treiben.«

Wenn Martin dachte, daß ich ihn und Ralf nach diesen Worten zu mir einladen würde, hatte er sich getäuscht. Vermutlich war ich jetzt dummerweise doch etwas zu weit gegangen. Die glaubten doch jetzt tatsächlich, ich stehe auf Sado-Maso. Aber das stimmte rein gar nicht. Darüber zu reden, davon zu schreiben und zu träumen erregte mich schon, aber in der Wirklichkeit mochte ich solch harte Behandlungen dann doch nicht. Scheiße, diesmal hatte ich mir diesen Zustand selber eingebrockt. Einmal mit Ralf ein Erlebnis zu haben, hätte mich schon gereizt, aber dem hatte ich all die ungeheuerlichen Geschichten jeweils auch zukommen lassen. Auch wenn er selten darauf reagiert hatte, weil er keine Zeit zum SMS schreiben hatte, gelesen und sich seine Gedanken darüber gemacht hatte er sich natürlich doch. Ganz in meine Luftschlösser versunken, hatte ich plötzlich keinen Hunger mehr und ließ mein vorgesehenes Abendessen stehen. Ich ging ins Wohnzimmer und machte mich an der Fernbedienung meines Fernsehers zu schaffen. Ich zappte von Programm zu Programm, aber nichts konnte mich von meinen Gedanken abhalten. Auf der einen Seite war ich traurig, weil ich wußte, daß ich ein Treffen zwischen Ralf und mir unmöglich gemacht hatte, und auf der anderen Seite war ich schon wieder scharf wie eine Rasierklinge wegen Martins SMS. Die Erklärungen, wie die beiden mich bestrafen (mein Lieblingswort!) wollten, machte mich schon wieder heiß, und ich legte mich erneut ins Bett. Mein Vibrator lag immer noch saftverschmiert auf dem Nachttisch, und ich dachte mir, daß der Akku bestimmt leer sein mußte. Also stand ich wieder auf und holte ein schwereres Geschütz, nämlich meine elektrische Zahnbürste. Die Hin- und Herbewegungen dieses herrlichen Bürstenkopfes auf meiner Klitoris waren unbeschreiblich. Kein Wunder, wenn es danach kein Mann fertigbrachte, mir einen Orgasmus zu bescheren, wie dies mein Lieblingsspielzeug zu schaffen in der Lage war. Ich öffnete die Beine, legte einige Kleenex-Tücher unter meinen Po, damit die großen Mengen Lustsaft mein frisch bezogenes Bett nicht besudelten und ließ den Motor an. Kurz überlegte ich mir, welche Phantasmen ich mir zu dieser Onanierorgie einfallen lassen wollte, als das Telefon klingelte. Ich fluchte laut: »Mmmm ... zum Teufel! Soll ich oder soll ich nicht? Ach, na gut, ich nehme ab.« Als ich Ralfs tiefe Stimme hörte, juckte es zwischen meinen Beinen, und meine Klitoris zuckte erwartungsvoll.

»Schlimme Frau«, sagte er nur. Wortkarg wie er scheinbar immer war, konnte ich vermutlich froh sein, wenn er überhaupt anrief. »Wegen dir liege ich im Bett.«

»Um Himmels willen, bist du krank?« war meine besorgte Frage.

»Nein, bin am Wichsen, aber das genügt mir nicht, ich möchte dich ficken.«

»Ja was ist denn mit deiner Freundin und deinem Sohn? Wo sind denn die?«

»Bei den Schwiegereltern. Kann ich zu dir kommen, Lara? Ich werde sonst wahnsinnig, du bist eine richtig erotische, scharfe kleine Hure. Und ich will dich, hörst du?«

»Danke für die Hure. Ich habe nur etwas mehr Phantasie als andere Frauen, und wenn du glaubst, mit solchen Komplimenten werde ich dich zu mir einladen, täuschst du dich gewaltig.«

»Ich weiß, daß du Lust nach mir hast, gib es zu. Ich weiß, daß du mich haben willst. Sei ehrlich! Ich weiß, daß du im Moment schon wieder am Onanieren bist und an mich denkst. Habe ich recht?«

Ich fühlte mich ertappt und konnte einfach nicht anders, als es zuzugeben. Während er mir die tollsten und vor allem unanständigsten Sachen in den Hörer säuselte, wichste ich mit dem Finger wie eine Wahnsinnige auf meinem Kitzler, weil ich den Motor meiner elektrischen Zahnbürste nicht laufen lassen durfte. Kurz bevor ich kam, ich hechelte bereits wie eine Gebärende, sagte Ralf: »Halt es zurück, ich komme zu dir!«

Und weg war er ... *Tüt! Tüt! Tüt!* konnte ich nur noch aus dem Telefonhörer vernehmen. Was mache ich nun? Vor der Tür stehen lassen kann ich ihn ja wohl nicht, wenn er bereit ist, eine halbe Stunde Autofahrt auf sich zu nehmen. Ich kontrollierte die Uhrzeit und rechnete mir ungefähr aus, wann er an meiner Tür klingeln würde. Ich hatte keine Zeit mehr, meine Beine zu enthaaren oder meinen Blondschopf nachzufärben, dessen Ansatz gerade noch an der Grenze des Ansehnlichen war, aber ich hatte genügend Zeit, die Wohnung aufzuräumen, das Schlafzimmer zu lüften und eine Dusche zu nehmen. Nein, so hatte ich es mir doch nicht vorgestellt. Ich hätte mich vorher tagelang darauf freuen wollen. Die Vorfreude war bei mir immer eine der tollsten Freuden, denn da wurde ich noch nicht enttäuscht. Bei der Vorfreude konnte ich mir das Ereignis vorstellen wie ich wollte, da war meistens noch alles toll und phantastisch. War das Erlebnis dann vorbei, merkte ich meistens, wie sich meine Vorfreude eigentlich gar nicht gelohnt hatte. Und der Ralf, der Schlaumeier, gab mir eine knappe Stunde, um mich zu freuen, nein, das konnte es nicht sein. Und wenn ich zurückrufe und ihm absage? Aber als ich dies tun wollte, hatte er sein Handy schon wieder abgestellt.

Zu spät, dachte ich und begann, genau auszurechnen, wann er bei mir aufkreuzen würde. Eine halbe Stunde Autofahrt, eine Viertelstunde duschen (ich hoffte doch fest, daß er duschen würde) und eine Viertelstunde zum Aussuchen eines feinen Outfits ... das hieß, wenn es jetzt sechs war, würde er ziemlich genau um sieben an meiner Tür klingeln. Ich hatte also doch noch genügend Zeit für eine minutiöse Vorbereitung. Ich brauchte schon immer weniger Zeit, um mich zum Ausgehen oder für einen Besuch vorzubereiten, als das üblicherweise Damen brauchen. Ob dies an meiner Natürlichkeit lag, die keine stundenlange Schminkerei benötigte, oder an meinem sportlichen Haarschnitt, der nur mit waschen, trockenreiben, mit den Fingern zurechtfrisieren und lufttrocknen lassen schon zufrieden war? Ich weiß es nicht. Auf jeden Fall war ich immer diejenige, die nach einem Saunagang oder nach dem Tennis auf die anderen Kolleginnen oder Kollegen warten mußte. Somit hatte ich sogar Zeit, die Wohnung dementsprechend auf Männerbesuch vorzubereiten. Ralf zuliebe legte ich eine Flasche Champagner in den Kühlschrank und hoffte fest, eine Stunde würde zu deren Kühlung reichen. Natürlich frage ich mich stellvertretend für eine dritte Person: »Warum hat die bei ihrem Lebenswandel nicht ständig eine Flasche Schampus im Kühlschrank bereit?« Ätsch, eben nicht. Ich habe mal gelesen, daß ein Markenchampagner es nicht verträgt, tagelang oder wochenlang im Kühlfach zu liegen, man müsse diesen erst kurz vor dem Servieren kaltstellen. Gesagt, getan. Dann suchte ich meine verführerisch riechenden Räucherstäbchen und zündete vorsorglich eines im Schlafzimmer an. Erstaunlich, was romantisches Licht und erlesene, exotische Düfte vor einer schönen erotischen Nacht bewirken können. Auch mußten viele Kerzen her. Meine waren alle ausnahmslos schwarz und rot. Die standen schon bereit, ich würde sie aber erst im letzten Moment anzünden. Zum Runterfackeln waren sie mir einfach zu teuer.

Es war Viertel vor sieben, ich war bereit und auf alles gefaßt und hatte noch fünfzehn Minuten Zeit, mich zu entspannen. Aber von wegen entspannen! Entspann dich mal, wenn du auf einen Macho wie Ralf wartest, ein Bild von einem Mann, ein Tier ... so hatte ich ihn in Erinnerung. Also, was mach' ich nun bis sieben? dachte ich. Das Schlimme war, wenn ich nur an ihn dachte, wurde ich so feucht, daß ich ein Papiertaschentuch in mein Höschen legen mußte, damit ich ganz sauber war, wenn er dann zum ersten Mal hineingreifen würde. Ich tigerte durch die Wohnung ins Bad, trocknete meinen Erwartungssaft ab und legte ein Tüchlein rein. Und was mache ich jetzt? fragte ich mich erneut. Da nach meinen Berechnungen nur noch etwa fünf Minuten bis zur Stunde der Wahrheit blieben, ging ich ans Fenster des Gästezimmers, von dem ich in Richtung Parkplatz sehen konnte. Ich löschte das Licht, versteckte mich hinter einer kleinen Spalte zwischen den Vorhängen und schaute gespannt auf den für unser Penthouse reservierten Abstellplatz. Es war längst sieben vorbei, als ich aus Langeweile begann, gymnastische Übungen zu machen. Zur Straffung des Pos machte ich Muskelanspannungsübungen, die aus einem Zusammenkneifen der beiden Arschbacken bestanden. Zur Busenstraffung legte ich beide Hände vor die Brust, die Ellenbogen in die Höhe und drückte hundert Mal zusammen. Für schlanke, muskulöse Beine und feine Fesseln stellte ich mich ... aber halt ... ein Lichtkegel ... ein Auto näherte sich und parkte vor meinem Haus. Es war ein großer Wagen, das gefiel mir gut. Wenn ich mich auf einen starken, potenten und geilen Mann freute und der kam daher mit einem kleinen Einkaufsautochen, war meine freudige Erwartung sofort, ob gerechtfertigt oder nicht, getrübt. Die Größe des Autos war für mich nicht aus Gründen des Einkommens oder des Vermögens wichtig. Nein, es war für mich ein Zeichen des Erfolgsmannes, des Machos und des arroganten Typen, wie ich ihn liebte. Tut mir leid, ich weiß, das ist ziemlich beschränkt, aber ich bin halt einfach so. Warum ich selber einen großen Angeberwagen fahre, habe ich bis heute noch nicht herausgefunden. Auf keinen Fall, um Männern zu imponieren, denn genau das Gegenteil traf in den meisten Fällen zu. Diese waren durch mein Erscheinen dann erheblich eingeschüchtert.

Mein Blick richtete sich immer noch auf den Mercedes unter meinem Zimmerfenster, aber Ralf wollte einfach nicht aussteigen. Als sich die Tür endlich öffnete, stieg eine aufgetakelte rothaarige Schönheit im Chanelkostüm aus und stöckelte Richtung Eingang Nummer 23. Himmel, Arsch und Zwirn, ich stand jetzt schon eine halbe Stunde am Fenster, turnte wie eine Gestörte, wurde immer wütender und kam mir dabei vor wie eine dumme, frisch verliebte Gans. Ich griff zum Handy und wollte Ralf ein böses SMS schicken, wie das so meine Art war. Wenn sich Männer bei mir ohne Entschuldigung um fünf Minuten verspäteten, sagte ich ihnen per SMS ab, indem ich vermerkte, daß heutzutage jedes Kind ein Handy hat, und seine Verspätung durch einen kurzen Anruf entschuldigen könne. Ich überlegte mir gerade was ich Ralf Freches schreiben wollte, als mir einfiel, daß wir gar keine Zeit verabredet hatten. Die von mir angenommene Zeit von neunzehn Uhr war in meiner Vorstellung entstanden und war so stark verankert, daß ich dies beinahe vergessen hatte. Mit anderen Worten, es konnte acht oder neun werden, das wäre total in Ordnung gewesen. Ralf hatte gesagt, ich komme zu dir, und nichts weiter. Shit! Ich war den Tränen nahe, und da ich sowieso gerade das Telefon in der Hand hatte, schrieb ich Ralf ein lammfrommes SMS: *»Wann kommst du, schöner Mann? Ich laufe fast aus vor Aufregung und halte die Warterei nicht mehr aus. Bitte laß mich nicht zu lange schmachten.«*

Ich mußte noch lange warten, und vor Niedergeschlagenheit, ich dachte schon, er würde nicht kommen, öffnete ich die Flasche, die ich kühlgestellt hatte und trank den Champagner halt aus Verdruß statt aus Vergnügen. Ich hatte nach drei Viertel der Flasche schon einen beachtlichen Schwips, als die Antwort von Ralf kam: *»Bin vor deinem Haus.«* Und gleich Sekunden später klingelte es an der Haustür. Ich aktivierte die Gegensprechanlage, hörte Stimmen und fragte mich, wer von meinen Nachbarn jetzt wieder entdeckt hatte, daß ich einen neuen Lover hatte und drückte auf den Türöffner. Der Summer ertönte, die Tür öffnete, sich und sogleich hörte ich den Fahrstuhl raunen. Mein Puls raste, mein Herz rutschte mir in die Hose, und zwischen meinen Beinen kochte es. Bei diesem Gedanken kam mir das Tüchlein in meinem

Tanga in den Sinn. Rasch entfernte ich es und warf es in die Toilette. Dabei blieb mir eine Sekunde, um einen letzten prüfenden Blick in den Spiegel zu werfen, aber alles war perfekt, ich konnte die Tür öffnen. Kurz darauf ertönte meine zweite Türklingel, jene musikalische, oben vor meiner Attikawohnung, die aus ein paar wenigen Takten von Wagner bestand, und ich ging zur Tür. Bevor ich öffnete, atmete ich tief durch. Mensch, wie freute ich mich auf dieses Geschöpf! Himmel, wie war ich schon spitz auf ihn. Erwartungsvoll und sehr, sehr nervös öffnete ich die Pforte zu meinem Liebesnest, als mir der Atem stockte. Die Stimmen vorhin ..., das war nicht irgendein Nachbar gewesen, das war Martin!

Wäre ich nicht ein klein wenig angetrunken gewesen, hätte ich vor Wut den beiden die Tür vor der Nase wieder zugeschlagen. Wie konnte er nur? Was erlaubte er sich, mir zu sagen, *ich* komme und schleift dann den anderen Godzilla mit? Ich machte wohl oder übel gute Miene zum schlechten Spiel und ließ die beiden mit einem gezwungenen Lächeln eintreten.

Martin war so häßlich, wie ich ihn kennengelernt hatte, und Ralf sah auch nicht mehr wie der Held meiner Träume und Phantasien aus. In seinem Restaurant, als er von Tisch zu Tisch hin und her spurtete, in seiner Kneipenkluft, da sah er fesch und sexy aus, und sein Bauch hatte mich auch nicht gestört. Ich fand an diesem Tag, er sähe so aus wie der vor einigen Jahren verstorbene Schauspieler Raimund Harmstorf. Keine Schönheit mit seinem Dreitagebart, aber unheimlich begehrlich und sehr interessant. Heute hatte Ralf ein ungepflegtes, verwaschenes T-Shirt an, oder war es eventuell seit Wochen nicht gewaschen, dies konnte auch sein, und seine langen Beine kleideten alte, zwei Nummern zu große Jeans, die an ihm nur so herunterhingen. Ich traute meinen Augen nicht, und meine Erregtheit, meine Vorfreude, meine Illusion auf eine ungezügelte Nacht verflog in dieser Minute der Begrüßung vor meiner Haustür. Um mir selber zu beweisen, daß ich mich in der Hand hatte, daß ich mich beherrschen konnte und daß ich gut erzogen war, versuchte ich, mir nichts anmerken zu lassen, und war freundlich zu den beiden. Niemand zwang mich schließlich, mit ihnen ins Bett zu gehen. Gleichzeitig dachte ich bei mir: Was ist, wenn sie ausrasten, weil ich sie nicht ranlasse und sie mich zwingen oder mich sogar vergewaltigen? Schließlich waren Ralf und Martin trotz SMS-Kontakt, erstem Treffen und einigen Telefonanrufen zwei mir ziemlich unbekannte Männer. Was wußte ich von ihnen schon? Rechtfertigte diese geringe Kenntnis der beiden, daß ich sie einfach so zu mir nach Hause einlud? Aber das hatte ich ja gar nicht getan, ich erwartete nur Ralf. Aber wer sagte mir, daß es weniger gefährlich war, ihn allein hereinzulassen? Ein kleiner Schauer lief mir über den Rücken, und ich kannte die Ursache dieses Kribbelns genau. Es war nicht etwa Erkenntnis oder Angst, nein, es war genau diese Furcht, die mich erregte. Ralf mußte mir etwas angemerkt haben, denn er fragte, woran ich gerade denke.

»Ich denke, daß du ein ganz frecher und schamloser Typ bist, aber was soll's. Setzt euch, ich habe den Champagner vor Wut zwar schon fast leergetrunken, aber für ein Glas wird es noch reichen, ihr bleibt ja nicht lange.«

»Das sagst du, daß wir nicht lange bleiben, Lara. Wir sehen das etwas anders, und zu diesem Zweck haben wir uns eingedeckt.«

Und Martin zauberte eine bereits eisgekühlte Flasche der selben Marke Champagner hinter seinem Rücken hervor, wie sie bereits auf dem Tisch stand. Ich bedankte mich mit einem kleinen Kuß auf seine Wange, nahm ihm die Flasche ab und ging damit in die Küche. Ich legte sie in den Eisschrank, holte für Martin ein zusätzliches Glas und ging zurück ins Wohnzimmer. Sie hatten es sich auf meinem Sofa bequem gemacht. Ralf saß auf der Dreier-Couch, Martin auf dem Zweier-Teil. Um nicht prüde und scheu zu wirken, war ich gezwungen, zwischen den beiden auf dem freien Sofateil Platz zu nehmen. Das hatten sie sich gut ausgedacht. Wie ich so zwischen ihnen saß und mich klein und ratlos fühlte, wußte ich ganz genau, heute wirst du mit ihnen pennen müssen, ob du willst oder nicht, ob es dir Spaß macht oder nicht, denn ihren Ärger, falls ich mich weigerte, wollte ich nicht erleben. Der könnte sich unter Umständen in Jähzorn verwandeln und für mich gefährlich werden. Ralf und Martin waren bestimmt nicht die harmlosen Schlappschwänze, die sich von Frauen anfeuern und aufgeilen ließen, um dann abgeschoben zu werden.

Diese Tatsache spürte ich, als hätten sie sie offen ausgesprochen.

Es entwickelte sich eine lange, sympathische und anregende Diskussion zwischen uns, die mich vergessen ließ, daß mir Ralf und Martin als Liebhaber nicht gefielen und aus welchem Grund sie eigentlich hier bei mir saßen. Ich hatte auch den Eindruck, daß ich in diesem Moment durchaus hätte sagen dürfen: »So, ihr Lieben, es ist spät, ich werfe euch jetzt raus, nicht böse sein!« Erleichtert und erlöst von dem Druck, den ich bisher verspürt hatte, merkte ich erst jetzt, daß ich wirklich viel zu viel getrunken hatte. Aus Dankbarkeit, daß mich die beiden in Ruhe gelassen hatten, jegliche anzügliche Bemerkungen unterlassen und auch in keiner Weise versucht hatten, mich zu begrapschen oder sonstwie zu verführen, fragte ich Martin, ob er zum Abschied einen Champagnerkuß möchte.

»Was ist denn das wieder Spannendes?« fragte er interessiert.

»Schließ die Augen und öffne den Mund, ich zeige es dir gleich.« Ich nahm einen Schluck Champagner, füllte meinen Mund damit, stand von meinem bequemen Sofa auf, beugte mich über Martin und legte meine Lippen auf die seinen. Ganz langsam ließ ich die goldene Flüssigkeit in seinen Mund fließen, und er war entzückt. Gierig saugte er mir den Champagner aus dem Mund und kreischte vor Wonne. Viel zu rasch war das vor sich gegangen, was ich ihm auch sagte, und er verlangte einen zweiten Schluck.

»Was ist mit Ralf?« fragte ich, der ohne ein Wort die

Szene beobachtet hatte.

»Der kommt später an die Reihe«, herrschte mich Martin mit einem Lächeln an.

Also nahm ich einen zweiten Schluck Champagner in den Mund und wiederholte die Prozedur. Wieder beugte ich mich über Martin und realisierte nicht, daß ich dabei Ralf meinen Po unter dem kurzen Rock regelrecht entgegenstreckte. Einmal mehr, als hätte dieser meine Gedanken gelesen, begann er, meinen Hintern zu berühren. Zuerst streichelte er behutsam nur über den kurzen Saum meines Kleides, dann stülpte er mir dieses über den Po, zog mir unverschämt das Höschen aus und begann, meinen nackten Arsch zu betasten. Leicht erschrocken wollte ich in die Höhe schnellen, schluckte die Flüssigkeit in meinem Mund, statt sie Martin zu schenken, selber hinunter, und versuchte, mich aufzurichten. Aber reaktionsschnell hielt er mich an den Schultern fest, zog mich wieder zu sich hinunter und küßte mich leidenschaftlich auf den Mund. Ohne Champagner ging das auch viel besser. Ich merkte trotz Martins hitzigem Kuß, wie sich Ralf aufgerichtet hatte und jetzt neben mir stand. Er streichelte immer noch meine beiden runden Hügel, um zwischendurch in meine Pokerbe zu fahren und mir höchste Wollust zu bescheren. Ich seufzte leise in Martins Mund, was diesen anfeuerte, mich noch leidenschaftlicher zu küssen. Als Martin merkte, daß ich mich nicht mehr wehrte, ließ er meine Schultern los und nahm meine beiden Brüste, die durch die gebeugte Haltung sowieso schon aus dem Dekolleté gerutscht waren, in seine Hände. Er berührte sie anfangs nur ganz zögerlich, als hätte er Angst, mir weh zu tun. Seine zärtliche Berührung wiegte mich in einer gewissen Sicherheit, und ich war überzeugt, die beiden wären liebenswürdige, ungefährliche Typen.

Ralfs Hände und Finger wurden an meinem Po immer frecher und anmaßender. Gleich rutschten sie tief zwischen meine Schenkel und holten in meiner Scheide Nässe, um im nächsten Moment damit meine Arschspalte rutschig und hungrig zu machen. Automatisch beugte ich mich tiefer zu Martin hinunter, um Ralf meinen Hintern noch geiler entgegenstrecken zu können. Und dies nützte er schamlos aus und führte mir behutsam einen Finger in den Anus. Der erregende Schmerz war betörend, und ich wimmerte leise. Martin lutschte und saugte derweilen an meiner Zunge, streichelte meine Brüste, knetete meine hart gewordenen Nippel, daß ich glaubte, die Besinnung zu verlieren. Ralf schob seinen Finger durch meine Begeisterungslaute noch tiefer in mich hinein, und seine andere Hand suchte die andere, die ‚offiziellere' Liebesöffnung in meinem Körper, die er gleich mit drei Fingern beglückte. Diese stieß er unsanft bis an den Anschlag in meine triefend nasse Fotze und drückte damit fest gegen meinen Schamknochen, als wollte er die ganze Hand einführen. Dies bestürzte und erschreckte mich nun doch, und mit einer gezielten und raffinierten Seitenbewegung befreite ich mich von meinen beiden lieben Peinigern. Ich rückte mein Kleid zurecht, trocknete notdürftig mit dem Handrücken meine Innenschenkel, denn der Mösensaft war mir inzwischen das Bein hinuntergeronnen, zog meinen Tanga hoch, setzte mich wieder zwischen Ralf und Martin aufs Sofa und nahm einen tiefen Schluck Champagner. Den konnte ich jetzt auch dringend gebrauchen.

»Was ist mit mir?« fragte Ralf unverhofft. »Bekomme ich denn keinen Champagnerkuß?«

Alles klar, da hatte ich mir was eingebrockt. Fügsam und ohne zu meckern stand ich auf, nahm einen großen Schluck, drehte mich um und beugte mich diesmal über Ralf. Damit Martin nicht auf die selben dummen Gedanken kommen könnte wie Ralf, kniete ich mich nieder, und auf diese Weise streckte ich ihm meinen Hintern etwas weniger provokativ ins Gesicht. Aber der gab sich damit nicht zufrieden, hob mich an beiden Hüften hoch, bis ich wieder stand und mein Po in die Höhe ragte. Auch Martin begann, mein Kleid hochzuziehen, mein bereits durchnäßtes Höschen herunterzuzerren und mich zu befummeln. Hätte ich nicht zuviel Alkohol getrunken, wäre mir das jetzt irgendwie peinlich gewesen. Aber angetrunken war es nicht unangenehm. Ganz im Gegenteil. Auch er stand auf, stellte sich seitlich neben meine Kruppe und gab mir einen kleinen Klaps auf die rechte Pobacke. Dieser kam so unvorbereitet und unverhofft, daß ich hustete und mich verschluckte und dabei Ralfs Gesicht mit Champagner besudelte. Ich entschuldigte mich sofort. Wie gesagt, ich wollte alles tun, um die beiden nicht aufzuregen oder zu erzürnen.

»War das jetzt ein Verschlucker vor Schmerz, vor Schreck oder vor Lüsternheit? Gefällt es dir, den Popo versohlt zu bekommen, Lara?«

Da ich spürte, wie mir mein Lustsaft das linke Bein hinablief, konnte ich nicht ernsthaft behaupten, ich sei nicht erregt. »Ich weiß nicht«, antwortete ich deshalb vorsichtig und leise.

»Was heißt hier, ich weiß nicht?« konterte Ralf. »Das hat man entweder gern oder nicht, aber das weiß man genau. Also du sagst uns, wie es bei dir steht, sonst müssen wir es ausprobieren.«

Sofort antwortete ich, daß ich gegen einen kleinen, schmerzlosen und harmlosen Klaps auf den Po nichts einzuwenden hätte, aber er nicht allzu fest sein durfte.

»Mit andern Worten, Martin, sie liebt es, verprügelt zu werden. Los, schlag zu!«

»Nei-i-i-i-i-i-i-n-n-n ... !!!« war mein Versuch, seine Schläge abzuwenden, aber es war zu spät. Ralf hielt mich an den Schultern fest, Martin mit einem Arm an der Taille und schon verprügelte er mit der flachen Hand meinen nackten Hintern, bis er ganz heiß wurde. Ich zappelte und jammerte, wand und wehrte mich, aber es hatte keinen Zweck, ich wurde kläglich verhauen.

Endlich hörte Martin auf, denn ich zitterte und schluchzte. Sie ließen mich los. Ein zweites Mal rückte ich meine Kleider wieder zurecht und setzte mich auf die Couch. Jetzt hatte ich nichts mehr zu lachen, und ich wußte nicht recht, wie ich reagieren sollte. Ich hatte Angst, und diesmal erregte mich diese Angst nicht mehr. Um Zeit zu gewinnen und zu überlegen, täuschte ich eine Pipi-Pause vor und entschwand ins Bad. Dort schloß ich mich mit zwei Drehungen ein und fühlte mich zum ersten Mal an diesem Abend wirklich sicher. Was sollte ich tun? Rauswerfen würden sie sich auf keinen Fall lassen, das war mal ganz klar. Wie sollte ich mich verhalten, sollte ich mitmachen? Sollte ich rasch mit ihnen bumsen, damit sie bald meine Wohnung verließen? Ich war überzeugt, daß das die einzig mögliche Lösung für mich war. Ich hatte keine andere Wahl. Vögeln wollten die beiden mich auf jeden Fall, und wenn ich das nicht geschehen ließ, würde es Streit geben, das war klar. Ich kämmte mich, zog mein durchnäßtes Höschen aus, stieg rasch in die Badewanne und ließ heißes Wasser über meine Beine und meine Füße laufen. Ich wusch meine Muschi sauber und duschte auch meine Oberschenkel, die vom heruntergelaufenen Saft ganz verschmiert und klebrig waren. Dann trocknete ich mich gründlich ab, parfümierte mein blondes Schamhaar und zog mir ein frisches Höschen an. Ein letzter Blick in den Spiegel bestätigte mir, daß ich trotz meines fortgeschrittenen Alters attraktiv und sinnlich aussah. Ich war bereit, um in die Löwengrube zurückzukehren und verspürte ein flaues Gefühl in der Magengegend. Es war Angst.

Ich löschte das Licht, öffnete die Badezimmertür und wollte zurück ins Wohnzimmer, aber meine Gäste standen schon da. Links und rechts von der Tür warteten sie auf mich, Ralf mit meinen ledernen Handschellen und Martin mit einem lila Seidenschal in Händen. Bevor ich reagieren konnte oder nur ein Wort hervorbrachte, packten sie mich, verbanden mir die Augen und legten mir die Manschetten um die Handgelenke. Zwei Hände zogen rüde mein Kleid herunter, zwei andere meinen frisch angezogenen roten Tanga, dann banden sie meine Handgelenke, die in den Lederhandschellen gefangen waren, mit dem dafür vorgesehenen Verschluß im Rücken zusammen. Die Vorstellung, nackt und mit gefesselten Händen vor diesen eigentlich ziemlich fremden jungen Männern zu stehen, bestürzte mich dermaßen, daß ich am ganzen Körper zu schlottern begann, während es in meiner Muschi kochte. Als sie mich berührten, drohten meine Knie zu versagen, und ich winselte leise. Sanft und zärtlich wurde ich von vier Händen am ganzen Körper gestreichelt. Auch mein Haar und mein Gesicht wurde von liebevollen Fingerspitzen liebkost. Zwanzig Fingerkuppen glitten sachte über meinen Körper, ich glaubte verrückt zu werden.

Die Behandlung erhielt eine besondere Brisanz, weil sie mir die Augenbinde angelegt hatten und ich dadurch völlig orientierungs- und hilflos war. Sie drehten mich ein paar Mal um meine eigene Achse und hielten mich an beiden Oberarmen fest, dann mußte ich mit ihnen durch die Wohnung schreiten. Dem Geruch der Räucherstäbchen nach zu schließen, waren wir im Schlafzimmer angekommen. Einer der beiden öffnete den Verschluß der Handschellen, und ich atmete auf. Sie gaben mich wieder frei, und ich wollte mich gerade bei ihnen bedanken, als Ralf sagte: »Während du so lange im Bad warst, Liebes, haben wir dein Bett vorbereitet. Wir haben auch deine Spielzeugschublade gefunden, die du uns in deinen SMS immer so schön beschrieben hast. Schon unglaublich, was wir da alles gefunden haben. Du bist eine kleine Sado-Maso-Spezialistin, nicht wahr?«

»Nein, täuscht euch nicht, das bin ich absolut nicht. Die Sachen habe ich alle für mich alleine zum Spielen und zur Selbstbefriedigung gebraucht, das waren nur meine Phantasmen, ich bin keine SM-Lady, ehrlich.«

»So so, und die drei tollen Peitschen, die hast auch nur du alleine gebraucht. Willst uns also glauben lassen, daß du dich selbst ausgepeitscht hast, oder was?

Was wollte ich da schon entgegnen. Jim, mein früherer Liebhaber, hatte mir tatsächlich mal eine Peitsche geschenkt, und die beiden anderen waren meine eigenen Reitpeitschen aus meiner aktiven Reitzeit, deren Knauf ich mit Kerzenwachs präpariert hatte, um sie mir beim Wichsen selbst einzuführen. Natürlich hatte der eine oder andere meiner Liebhaber mir damit auch mal eins über den Po gezogen, aber das war nicht der Rede wert. Aber wie sollte ich Ralf und Martin das glaubhaft erklären. Also schwieg ich lieber.

»Komm, setz dich und leg dich auf den Rücken, wir werden dich jetzt ans Bett fesseln.«

»Nein, das möchte ich nicht, dazu möchte ich euch zuerst besser kennenlernen.«

»Ha, ha … hast du das gehört, Martin, sie läßt sich

von uns erst ans Bett festbinden, wenn sie uns besser kennt. Du bist süß, Lara.«

Seine Worte waren schwer und langsam, und ich befürchtete, daß nicht nur ich einen über den Durst getrunken hatte. Gemeinsam drückten sie sachte meine Schultern aufs Bett hinunter, rückten meine Beine zurecht, und ich hörte, wie sie die Seile an den Streben meines Bettes festmachten. Ich lag wie gelähmt auf dem Rücken und war weder zu einem Wort noch zu einer Bewegung fähig. Es war eine höllische Situation: Die Augen verbunden zu haben, bewirkte, daß alle anderen Sinne doppelt funktionierten. Ich hörte jedes Geräusch doppelt so laut und versuchte zu erahnen, was es sein konnte. Als mich einer der Stricke am Bein streifte, schrie ich auf, weil dieses Kitzeln so unerwartet kam.

»Wenn du schon jetzt kreischst, was wird, wenn wir dich auspeitschen?« kam Ralfs Stimme.

»Aber bitte, bitte nur ganz zart«, wimmerte ich.

»Keine Angst, Kleines, wir werden sehr, sehr behutsam mit dir umgehen. Es wird für dich ein Abend, den du nie mehr vergessen wirst.«

Und das wurde es auch! Ich kann mich an keinen erotischeren Augenblick, an keinen geileren und aufregenderen Sex in meinem ganzen Leben erinnern.

Als sie meine Fesselung ans Bett beendet hatten, begannen sie, wie bereits vorhin, als ich noch stand, mit den zärtlichsten Berührungen, die ich einem Mann nie zugetraut hätte, geschweige denn zwei Männern. Sie ließen keinen einzigen Millimeter meiner Haut aus, sie streichelten und liebkosten mich von Kopf bis Fuß. Ihre vier Hände kosten und schmusten mit jedem einzelnen Körperteil, und ich schwebte einen halben Meter über dem Bett. Als einer der beiden begann, jeden einzelnen Zeh meiner beiden Füße zu lutschen, während der andere an meinen inzwischen noch härteren Brustspitzen saugte, dachte ich, daß ich das nicht überleben könnte. Und dann immer noch diese verbundenen Augen ... das war das Unheimlichste! Ich wußte nie, was im nächsten Augenblick passieren würde, wo ich im nächsten Moment auf die aufregendste Weise gestreichelt werden würde, und alles fühlte sich doppelt so schön, so intensiv und so durchdringend an. Meine Sinne waren alle nur noch auf das eine konzentriert. Was mich ebenfalls fast verrückt machte, war, daß ich nicht wußte, was diese beiden Typen eigentlich für Charaktere waren. Wer sagte mir, daß sie trotz ihrer momentanen, irrsinnigen Zärtlichkeit nicht plötzlich begannen, mich zu mißhandeln? Wer sagte mir, daß sie mich nur folterten, um die Spannung zu erhöhen? Wer sagte mir, daß sie nicht plötzlich mit meinen blöden, peinlichen Peitschen zuschlagen würden? All diese Fragen, diese Unsicherheit, diese Angst und diese Hilflosigkeit erregten mich aufs Äußerste. Daß ich Ralf und Martin wegen meiner Fesselung so wehrlos ausgeliefert war, bewirkte, daß ich einen Orgasmus nahen fühlte. Ich atmete schwer, kleine wimmernde Schreie lösten sich ungewollt aus meiner Kehle, meine Muschi begann zu brodeln, und mein Liebessaft floß schäumend aus meiner geschwollenen Spalte heraus.

»Nein, nein, Süße«, hörte ich aus weiter Ferne Ralf sprechen. »So schnell geht das nicht, du wartest schön, bis wir dir erlauben, einen Orgasmus zu haben. Vorher gibt es nichts. Vorher wollen wir dich noch stundenlang quälen.«

Da sie mich kurzerhand nicht mehr berührten, konnten sie meinen angekündigten Sinnesrausch tatsächlich stoppen, und ich fluchte innerlich. Aber die Androhung, mich noch stundenlang auf diese Weise quälen zu wollen, war ja sehr willkommen.

Trotzdem bedauerte ich es, dieses Erlebnis nicht bis zum Schluß erfahren zu haben, denn noch nie im Leben war es mir passiert, einen Orgasmus ohne direkte Reizung und Berührung der erogensten Stelle, der Klitoris, empfinden zu können. Das wäre was fürs Guinnessbuch gewesen.

Einmal mehr konnte Ralf meine Gedanken lesen, denn ich spürte, wie sich seine harten, muskulösen, breiten Schultern zwischen meine Oberschenkel quetschten, und wie er mir einen sanften Kuß auf meine immer noch aufgeregte Scham schenkte. Ich zuckte leicht, da sie mich beide seit einigen Minuten nicht mehr berührt hatten, und Ralfs herrliche Lippen auf meinen nassen Schamlippen berauschten mich. Er öffnete den Mund und ließ seine erfahrene Zunge über meine Muschi fahren, öffnete damit meine gerötete Rose und kitzelte sanft meine Klitoris. Dann fuhr er mit der Spitze wieder durch die ganze Länge meiner Spalte und streichelte mich auf diese Art ununterbrochen. Immer wieder liebkoste mich diese seidene Zunge sanft und zärtlich, ohne zu fordern, ohne einzudringen. Ich wurde fast wahnsinnig dabei. Diese liebevolle und gleichzeitig zum Wahnsinn treibende Liebkosung war das Verrückteste, was ich jemals erlebt habe.

»Martin, gib mir deinen Schwanz! Bitte, wenn ich nicht sofort einen Schwanz lutschen kann, sterbe ich!«

Ich hörte, wie Martin aufstand, um das Bett schritt, sich am Kopfende über mich beugte und mir mit seinem seidenweichen Penis über das Gesicht strich. Ich wußte damals nicht, daß er Erektionsprobleme hatte, aber wer mich kennt, weiß, daß ich weiche Penisse in meinem Munde liebe. Man kann viel besser damit spielen, ihn um die Zunge herumwickeln, ihn saugen und fest an den Gaumen drücken. Alles Dinge, die mit einem harten, dicken Prügel, der einem den Kiefer aushängt, nicht klappen. Ich schnappte also nach Martins Schwanz und sog ihn in mich ein. Geräuschvoll lutschte und saugte ich daran, während Ralf mich mit seiner Zunge immer noch zum Wahnsinn trieb. Diesmal hatte er sie tief in meine Spalte getaucht, und ich hatte das Gefühl, sie müsse einen halben Meter lang sein. Der Druck der leichten Bewegungen, die er damit zwischen meinen Scheidenwänden anstellte, war unbeschreiblich. Seine Oberlippe hatte er inzwischen über meinen geschwollenen Kitzler gestülpt. Ich weiß nicht, wie er dies hinbekommen hatte, aber es entstand ein erregender und hinreißender Sog, der mir die Aufruhr aus dem Körper saugte. Als Ralf merkte, wie gut ich auf seine sinnliche Behandlung reagierte, zog er seine Zunge aus meinem Schlund heraus, damit er besser mit beiden Lippen an meiner Klitoris saugen konnte. Er sog sachte daran, saugte sanft, und immer wieder kitzelte er zwischendurch mit seiner Zungenspitze über mein kleines Löchlein. Mein Körper wand sich, meine Hüften wölbten sich, trotz der straffen Fesseln an meinen Händen und Füßen, gegen Ralfs Mund, aber ich spürte den Schmerz, der das Eindringen der Seile in meine zarte Haut verursachte, nicht. Martins Schwanz beglückte immer noch meinen Mund, und die Saugerei schien auch ihm sehr gut zu tun. Als Ralf unerwartet mit einem Finger zärtlich zwischen meine Schamlippen strich, ließ ich vor Entzücken einen Augenblick Martins Schwanz aus meinem Munde gleiten, aber rasch steckte er ihn mir fluchend wieder hinein und murmelte etwas von »Noch mehr, bitte, noch mehr.«

Martins Schwanz war immer noch weich und seiden, oh, wie dankbar war ich ihm. Sicher hätte er es gerne anders gehabt, aber mir gefiel es so einfach am besten. Dem lauten Gestöhne und den Windungen seines Körpers nach zu schließen, gefiel ihm meine Behandlung trotz fehlender Erektion sehr gut. Ich versuchte, meine Zunge unter seine Vorhaut zu schieben, was nur bei weichen Penissen funktioniert, und ich vernahm, wie er ächzte, als ich mit der Zungenspitze in sein Spältchen an der Spitze der Eichel drang.

Ralf war immer noch dabei, meine Klitoris zu lutschen und zu liebkosen, während sein Finger immer noch harmlos und unschuldig nur zwischen meinen triefend nassen Schamlippen auf und ab strich.

»Hättest du jetzt gerne einen Orgasmus, Lara?« fragte er mit seiner tiefen Stimme.

»Oh jaaaaaaaaaa, bitte, Ralf, gib's mir.«

Er stieß den streichelnden Finger tief in meine Möse, krümmte ihn kurz hinter dem Eingang und drückte auf eine Stelle, die mir den Atem raubte. Ich erschrak, so erregend war diese Berührung. Mußte ich fünfzig Jahre alt werden, um eine neue erogene Zone an meinem Körper gezeigt zu bekommen? Es mußte der G-Punkt sein, dieser hochgelobte G-Punkt, den ich glaubte, nicht zu besitzen. Ralf drückte nur auf diese Stelle, er bewegte seinen Finger nicht. Seine Lippen waren immer noch über meine Klitoris gestülpt und saugten daran. Ich glaubte in diesem Moment zu explodieren. Eine sinnverwirrende Ekstase kam in mir hoch, ich schrie wie am Spieß, Martins Schwanz hatte ich aus meinem Mund schlüpfen lassen, der Arme, und mein ganzer Körper wurde von heftigen Spasmen hin und her geworfen. Ralf hörte nicht auf, seinen Finger in meiner Fotze auf diesen verrückten Punkt zu drücken, und frenetisch spielte er mit seinem Mund immer heftiger an meiner Klitoris. Wären meine Hände nicht am Bett festgebunden gewesen, ich hätte an seinen Haaren gerissen, seinen Kopf weggestoßen, seinen Finger aus meiner Möse herausgezogen und hätte mich zusammengerollt, um mich von diesem betäubenden Orgasmus zu erholen, aber es ging nicht. Ich war gefesselt, und Ralf machte weiter. Martin unterstützte ihn, indem er mit meinen Brüsten spielte, sie streichelte und in meine Nippel kniff. Lange würde ich diese wollüstige Tortur nicht mehr aushalten, dachte ich. Mein Orgasmus dauerte nun schon lange, lange Sekunden, oder waren es etwa schon lange Minuten? Ich wußte es nicht. Ich hatte jegliches Gefühl für Zeit und Raum verloren. Und die beiden sorgten dafür, daß es so weiterging. Das war die echte Qual ... nicht hauen, peitschen oder verprügeln ... das war die verdammt härteste und herrlichste Qual zugleich, so clever auf den Höhepunkt gebracht zu werden, daß es nicht mehr aufhören wollte. Ich spürte nur nebenbei, daß mir Martin seine Hand auf den Mund preßte, da ich vermutlich doch etwas zu laut schrie. Und die Spasmen in meiner Vagina gingen weiter, die Euphorie, die Erregung, der Aufruhr in meinem Körper wollten nicht abklingen.

»Aaaaaaaaaaaa ...!«

Jetzt passierte es ... der gewaltigste, unbeschreiblichste aller je erlebten Orgasmen überfiel mich wie ein Orkan. Meine Pussi zog sich krampfartig um Ralfs Finger zusammen. Sie waren zwischen meinen Schamlippen fest eingeschlossen, und ich würde sie nie mehr loslassen, dachte ich mir in diesem Moment. Seine heiße Zunge drückte nur noch bewegungslos auf meine Klitoris, und mein Bauch explodierte auf die wunderschönste Art, die ein Mensch sich nur vorstellen kann. Ich war nicht mehr auf Erden, aber im Himmel war ich auch nicht. Das Erlebte war zu verrückt und unanständig, um im Himmel zu passieren. Meine Augen waren geschlossen, aber nicht mehr verbunden, meine Hände und Füße frei und nicht mehr gefesselt. Im Taumel des minutenlangen Orgasmus hatte ich nicht bemerkt, daß mich Martin von allen Fesseln befreit hatte. Ich öffnete vorsichtig die Augen und sah Ralf, der vor mir saß, lächelte und die Arme öffnete, damit ich vor Glück und Aufruhr weinend hineinversinken konnte. Martin drückte mich von hinten und gab mir sanfte Küsse aufs rechte Ohr. So mußte Liebe sein, so mußte es sein, wenn zwei, manchmal halt auch drei, sich wirklich gern hatten. Eine unendlich lange Zeit blieben wir drei auf diese liebevolle Art ineinander verkeilt, bis ich plötzlich wieder zur Besinnung kam und mit einer ernsten Stimme sagte: »Um Himmels willen, was bin ich für ein Egoist. Ihr hattet noch gar nichts von unserer Bumserei. Mensch, ich hatte schon zwei, drei ... oder waren es vier Orgasmen, und ihr hattet noch gar nichts davon. Los, sagt mir, was ihr wollt, sagt mir, wie ich euch beide am schönsten verwöhnen kann. Ich will euch diese Bescherung hundertfach zurückgeben. Ich mache, was ihr wollt, bitte verlangt von mir, wozu ihr am meisten Lust habt, worüber ihr in euren geheimsten Träumen phantasiert habt, ich gebe euch alles, was ihr wollt. Bitte sag es mir, Ralf, sag es du mir, Martin.«

Es war Ralf, der antwortete. Er lächelte nur, legte mir seinen Finger auf die Lippen und sagte fürsorglich: »Jetzt sei mal ganz ruhig und erhol dich erst einmal von deinem Tumult. Ich befürchtete vorhin, du würdest eine Herzattacke kriegen. Wir kommen schon noch auf unsere Kosten, hab keine Angst. Und was unsere Träume und Phantasmen anbelangt, die hast du uns soeben genüßlich erfüllt. Dich so gefesselt und uns hilflos ausgeliefert auf dem Bett liegen zu sehen, war eine unserer Phantasien, nicht wahr, Martin?«

»Und wie, das war bereits einer meiner obszönen Bubenträume, einmal eine Frau fesseln zu dürfen. Und was das andere anbetrifft, Lara, nach einer kleinen Pause auf deiner Terrasse kommst du dran, wart's nur ab, du wirst heute noch ein paarmal gefickt, ich verspreche es dir.«

Bei diesen Worten kribbelte es schon wieder in meinen Lenden, und meine Brustspitzen verhärteten sich. Bevor Ralf und Martin es merkten und auf dumme Gedanken kommen konnten, stand ich rasch auf, und während ich mich im Bad frisch machte, erinnerte ich meine beiden herrlichen Lover daran, daß sich im Eisschrank noch eine Flasche Champagner befand. Als ich mich, frisch geduscht, mit einem Hauch Parfum und einem durchsichtigen kurzen T-Shirt bekleidet, zu ihnen auf die Terrasse gesellte, waren die Gläser voll, und zwei Zigaretten rauchten im Aschenbecher. Die beiden Männer hatten es sich in meinen breiten Gartensesseln bequem gemacht. Die Atmosphäre war locker und friedlich. Ich wollte mir ebenfalls eine Zigarette anzünden, aber Martin streckte mir jene entgegen, die bereits im Aschenbecher brannte.

»Ich rauche nicht, die ist für dich, die andere für Ralf.«

»Oh, so zuvorkommend, von Kopf bis Fuß ein Gentleman, ich bin überwältigt. Was vorhin im Schlafzimmer passiert ist, werde ich wohl in meinem Leben nie mehr vergessen. Ihr seid schon die herrlichsten Männer auf Erden.«

»Du bist aber auch eine ganz wahnsinnige Frau, Lara. Du bist die aufregendste und außergewöhnlichste Frau, die wir je getroffen haben, stimmt's, Martin?«

Dieser nickte nur und nahm einen Schluck Champagner. »Was glaubst du, mit wie vielen Frauen wir solche Spiele hätten machen dürfen, Lara? So eine Inszenierung hatten wir nicht von Anfang an vor, erst als du mit deinen leicht perversen SMS angefangen hast, sind wir auf die Idee gekommen. Wir stellten uns beim Inserat einfach nur eine gewöhnliche Nacht zu dritt vor, weil Martin gerade keine Freundin hat. Aber daß wir dann zu solchem Entzücken mit dir kommen würden, das hätten wir uns nicht träumen lassen.«

»Ach, hört doch auf«, konterte ich. »Wenn hier eine von Entzücken spricht, dann bin ich das wohl. Ihr habt mich jetzt stundenlang verwöhnt, und für euch selber habt ihr nichts genommen, das ist doch verkehrt.«

Und ich stand auf und kauerte mich vor die beiden auf den Boden. Ralf, der frechere der beiden, saß natürlich nackt da, den konnte ich gut streicheln, und Martin, der sich seinen Slip angezogen hatte, streichelte ich über den schwarzen Stoff. Mein Kopf lag auf Ralfs muskulösem Oberschenkel, und meine beiden Hände vergnügten sich mit ihren beiden Schwänzen. Ralfs Penis wurde natürlich blitzartig steif, aber Martin hatte immer noch ein Problem. Er tat mir leid, und ich schob mich zwischen seine Schenkel, zog seinen Slip zur Seite und nahm dieses schöne Stück wieder in den Mund. Wenn Ralf Lust hatte, dachte ich mir, könnte er mich von hinten ficken. Aber er streichelte nur sanft meinen Rücken, und deshalb drehte ich mich zu ihm hin und lutschte auch seinen Schwanz. Ich konnte mich nicht mehr erinnern, ob ich Ralf heute schon mal einen geblasen hatte, der Orgasmus von vorhin hatte meine Hirnwindungen etwas durcheinander gebracht. Sein Schwanz war schön zu lutschen, obwohl ich große Penisse in meinem Mund nicht sehr schätzte, aber Ralfs Schwanz war anders. Er roch gut und schmeckte nach einer Mischung aus frischer Seife, sauberem, frischem Schweiß und teurem Eau de Toilette. Als er zu pulsieren und zu zucken begann, dachte ich daran, ihn bis zum Schluß zu lutschen und zu saugen und ihn mutig in meinem Mund zu behalten und sein Sperma zu trinken, obschon ich das eigentlich haßte. Um einen solchen Gedanken zu haben, mußte ich schon ganz schön in Ralf verliebt sein, sonst wäre mir ein solcher Einfall gar nicht gekommen. Aber Ralf nahm mein Gesicht zärtlich zwischen seine Hände, hob es an, entzog seinen beachtlichen Ständer meinem Mund und deutete mit einer Kopfbewegung zu Martin. Der hatte sich im Sessel hingelegt, war nach vorne gerutscht und wichste gemächlich.

Seine Augen waren geschlossen, und als er mich nahen spürte, öffnete er seine Schenkel, damit ich mich dazwischenknien konnte. Er übergab mir seinen halbsteifen Schwanz, legte ihn mir fast feierlich in den Mund und seufzte laut. Ich gab mir große Mühe, ihn bei Laune zu halten, aber rasch wurde er wieder weich, was schön war für mich, aber traurig für ihn. Abwechselnd verwöhnte ich Martin mit der Hand und mit dem Mund. Zwei kräftige Hände hoben meinen Hintern an, und Ralf zog mir mein Höschen aus. Er streichelten mich zwischen den Schenkeln, und als er merkte, wie naß ich war, stieß er mir seinen großen Schwanz in die Möse. Mit langsamen beeindruckenden Stößen fickte er mich von hinten, krallte seine Finger in das zarte Fleisch meiner Hüften und keuchte. Ich lutschte wieder an Martins Pimmel, und der wurde auf einmal größer und härter. Ich versuchte es wieder mit der Hand, weil ich den Eindruck hatte, daß Martin besser darauf reagierte. Ralfs Schauspiel, wie er mich von hinten angriff, mich stürmisch fickte und laut stöhnte, mußte Martin erregt haben, denn es tat sich etwas in seiner Lunte.

»Leck meine Eier, Lara«, befahl er.

Und ich gehorchte und schleckte das zarte Fleisch seiner Hoden. Er wichste wie ein Verrückter, und ich nahm eine seiner geschwollenen Kugeln ganz in den Mund. Ich lutschte vorsichtig, aber fest, und bald begann Martin zu keuchen und zu zucken. Auch bei ihm nahte ein Orgasmus. Ich fühlte mich glücklich. Ralfs Stöße wurden ebenfalls härter, und das Tempo seiner

Fickbewegungen erhöhte sich. Gemeinsam zuckten sie in ihren orgiastischen Krämpfen und begannen, laut zu stöhnen. Ralf spritzte mir sein Geschoß tief in den Bauch und Martins Sperma schnellte auf seine eigene Brust. Ralf hielt mich immer noch fest gegen seine Lenden gepreßt, und mein Gesicht lag glücklich und befriedigt auf Martins Bauch.

Lange blieben wir so aneinandergelehnt, atmeten schwer und spürten gegenseitig, wie unsere Herzen rasten. Ralf, der hinter mir auf den Knien kauerte, regte sich als erster, gab mir einen liebevollen Klaps auf den nackten Po und stand auf. Er griff zu seinen Zigaretten und setzte sich wieder in seinen Sessel.

»Bleib so liegen«, sagte ich zu Martin, »ich hol ein Tuch und säubere dich.«

Als ich zurückkam, saßen beide halb liegend in ihren Sesseln und träumten mit geschlossenen Augen vor sich hin. Es war ein schönes Bild, und ich hatte mich schon lange nicht mehr so glücklich gefühlt.

*

Ganz fest hoffte ich, daß uns diese Dreierbeziehung lange erhalten bliebe, und wußte gefühlsmäßig, daß die beiden wiederkommen würden. Natürlich hatten sie in der Annonce geschrieben, sie suchten nur ein Erlebnis für eine Nacht, aber ich war überzeugt, daß ihnen dieses Intermezzo so gut gefallen hatte, daß sie es wiederholen möchten. Mit ihnen beiden hatte ich dieses phantastische Kribbeln erlebt, diesen aufregenden, fesselnden Sex, den ich mir immer gewünscht hatte. Aufregend, etwas gefährlich, spannend, und doch voller Vertrauen und mit zwei Männern, bei denen die Voraussetzung vorhanden war, daß ich mich nicht zu fürchten brauchte, weil ich wußte, daß mir dabei nichts passieren konnte. Meine überzogenen sexuellen Vorlieben rühren ja daher, daß ich als Kind mißbraucht wurde und mir seitdem kein normaler Sex mehr genügte. Statt mich nach Zärtlichkeit und Geborgenheit zu sehnen oder mich, wie die meisten vergewaltigten Frauen, nichts mehr aus Sex zu machen, hatte ich die abartigsten und perversesten Träume. Ich verabscheute zwar, von Vergewaltigungen zu lesen oder zu hören, aber abends in der Dunkelheit meines Schlafzimmers träumte ich jeweils von derartigen Begegnungen und wurde extrem erregt.

Daß ich, auf das Tiefste verletzt durch den brutalen Mißbrauch meiner zarten Jugend, in dieser Welt der Gewalt gefangen blieb, hatte schon manch ein Psychologe versucht zu therapieren, aber keinem war es gelungen, mich davon zu befreien. Mit Ralf und Martin hatte ich die Spannung eines etwas obszönen Sex erlebt, der aber im Grunde genommen trotzdem zärtlich und liebevoll gewesen war. Ich fühlte mich bei diesem Gedanken wohl und sehr glücklich. Die Befriedigung durch den gestrigen Besuch meiner beiden etwas verrückten Lover war noch nicht abgeklungen, deshalb hatte ich momentan noch den Eindruck, daß in meinem Leben alles im Butter war, daß ich für mich jetzt endlich eine Lösung gefunden hatte. Und genau deshalb fühlte ich mich heute so wunderbar gut. Was aber würde morgen sein? Was wäre, wenn sich die beiden längere Zeit nicht meldeten? Was war, wenn sie überhaupt nicht mehr kämen? In schwarzen Gedanken versunken, wurde ich immer trauriger und befürchtete, daß diese schönen Stunden mit Ralf und Martin sich nie wiederholen würden. Da läutete es. Ich haßte unangemeldeten Besuch, wie ich mich auch nicht gerne abends von Telefonanrufen stören ließ. Prinzipiell öffnete ich meine Tür nie, wenn es klingelte. Nicht etwa, weil ich Angst hatte, sondern weil nie jemand zu mir kam, der sich nicht vorher telefonisch angemeldet hatte oder mit dem ich eine Verabredung hatte. Heute war das anders. Es hätte ja Ralf sein können. Nein, den hätte ich auch nicht hereingelassen, weil ich nicht geschminkt war, nicht frisch geduscht und gestylt. Das war auch so eine blöde Einstellung von mir. Kein Mensch durfte mich unvorbereitet sehen dürfen. Für die Sauna, wo ich mich weder stylen noch schminken konnte, hatte ich mir ein Permanent-make-up tätowieren lassen, und für das gute Aussehen ging ich zusätzlich regelmäßig ins Solarium, damit ich nicht allzu ‚nackt' war.

Also verhielt ich mich nach dem zweiten Läuten ganz ruhig, getraute mich kaum zu atmen und schlich auf leisen Sohlen zum Fenster hin, das auf den Parkplatz vor meinem Penthouse zeigte. Es dauerte lange, bis ich den Aufzug fahren hörte und sich die untere Eingangstür öffnete. Ein junger schlanker, mir unbekannter Mann trat aus dem Haus, und ich dachte mir, er sei einer dieser Sektentypen, die neue Schäfchen für ihren Glauben zu bekehren suchten. Zufrieden, nicht geöffnet zu haben, schaute ich ihm noch nach, bis er in einen kleinen Wagen stieg und davonfuhr. Was hätte ich gemacht, wenn es Ralf gewesen wäre? sinnierte ich. Aber das konnte nicht sein, da sich Ralf unter der Woche tagsüber nie hätte von seiner Arbeit freimachen können. Aber träumen war ja erlaubt, und ich vergaß diesen Zwischenfall.

Zehn Minuten später klingelte das Telefon, und da ich gerade am Träumen und mit nichts Wichtigem beschäftigt war, nahm ich den Hörer ab.

»Sind sie Lara Rinaldi?« fragte eine scheue junge Stimme.

»Und wer sind Sie?« erwiderte ich, bevor ich mich zu erkennen gab.

»Mein Name ist Roberto Bauer, und ich möchte Sie dringend sprechen.«

Bauer...! Bauer...? ich spürte, wie eine Gänsehaut mein Rückgrat hinaufkroch. Mein Peiniger und Erzeuger hieß Bauer. Der Mann, ich nannte ihn nie mehr Vater, der meine Jugend versaut hatte. Instinktiv mied ich alle Männer, die Bauer hießen. Ich hatte eine gravierende Aversion gegen diesen Namen. Zum Glück war ich in meinem Leben außer diesem Ekel, nicht sehr oft Leuten begegnet, die Bauer hießen. Ich hatte, als ich volljährig wurde, den Mädchennamen meiner Mutter angenommen, wie sie selbst bei der Scheidung übrigens auch. Wir beide hießen wieder Rinaldi.

»Sind sie noch dran, Frau Rinaldi?« unterbrach die zurückhaltend klingende Stimme meine Gedanken.

»Ja«, antwortete ich wortkarg. Der Junge konnte immerhin nichts dafür, wenn er zufällig Bauer hieß.

»Was wollen Sie von mir?« sprach ich gehässig.

»Ich möchte Sie sehen und mit Ihnen sprechen.«

»Ich wüßte nicht, was ich mit Ihnen zu bereden hätte, was Sie mir nicht auch jetzt am Telefon erzählen könnten.«

»Das geht nicht am Telefon, ich war vorhin schon an Ihrer Tür, aber Sie haben mir nicht aufgemacht. Ich sitze in meinem Auto, bin ein paar Straßen weitergefahren, weil ich sah, wie Sie mir aus dem Fenster nachschauten. Lassen Sie mich zu Ihnen kommen und mit Ihnen sprechen, bitte.«

»Nein, tue ich nicht, ich habe keine Zeit und zudem

lasse ich doch keinen wildfremden Mann einfach in meine Wohnung!« Bei diesen Worten mußte ich trotz meines Ärgers innerlich lächeln, weil genau dieser Gedanke mich natürlich wieder erregte ... Wow ..., ein fremder Mann in meiner Wohnung ... uiiiiii ...

»Aber es ist sehr wichtig, es wird auch Sie interessieren«, flehte er.

»Hören Sie, junger Mann, Sie sagen mir, was Sie zu sagen haben hier, jetzt und am Telefon oder ich hänge auf.«

»Nein, nicht aufhängen, bitte ... ich ... Sie ... ehm ... ich ...«

»Sie haben noch genau zehn Sekunden, dann hänge ich ein.« Langsam tat er mir leid, und ich hätte auf keinen Fall aufgelegt, aber es machte mir einfach Spaß, mit diesem Jüngelchen zu spielen.

»Sie sind ...«, stotterte er. »Also ich meine ... ich bin Ihr Bruder!«

Bei diesen Worten ließ ich den Hörer fallen, und mir wurde schwindlig. Rasch hob ich das gute Stück wieder vom Boden auf, legte es ans Ohr, aber ich konnte kein Wort sagen. Wieso glaubte ich diesem Burschen überhaupt? Das erstaunte mich sehr, ich hatte keine Sekunde an seinen Worten gezweifelt. War das nicht hochinteressant?

»Sind Sie noch da, Lara? Ich bin Ihr Halbbruder, um genau zu sein. Ihr Vater, also unser Vater, hat nach dem Absitzen seiner Strafe wieder geheiratet, und ich bin sein Sohn.«

»Komm zurück«, sagte ich leise, »ich öffne dir.«

Kaum hatte ich dies gesagt und aufgehängt, bereute ich meine Worte. Ich wollte mit keinem Menschen etwas zu tun haben, der meinen Erzeuger kannte, geschweige denn, der sein Fleisch und Blut war. Aber es war zu spät, Roberto war schon unterwegs zu mir. Wie ein Tier in seinem Käfig ging ich in meiner Wohnung hin und her. Die wohltuende Befriedigung, die ich noch vor einer halben Stunde verspürt hatte, war verflogen. Ich war aufgebracht, wütend, und ich kämpfte mit den Tränen der Verzweiflung. All die schrecklichen Gedanken, die Qualen, die Demütigungen, die ich in den vergangenen Jahren so gut verdrängt hatte, tauchten plötzlich wieder auf. Hätte ich doch diesen Roberto zum Teufel geschickt, statt ihm zu sagen, er solle zurückkommen. Aber auf der anderen Seite war das vielleicht die einzige Möglichkeit, all die traurigen Gegebenheiten zu verarbeiten. Wie sagt man so schön: Man muß darüber reden …

Es läutete an der Haustür, und ich ging in den Flur und drückte automatisch auf den Türöffner. Als er oben war und ich ihn in meine Wohnung einließ, stand ich vor dem Ebenbild meines Vaters. Er war groß, schlank, gutaussehend, selbstsicher und attraktiv. Ich wollte ihn wieder wegschicken, denn ich konnte diesen Anblick nicht ertragen. Aber Roberto fand die richtigen Worte, um mich davon zu überzeugen, daß wir uns früher oder später kennenlernen mußten. Davon war ich gar nicht überzeugt, aber zum zweiten Mal dachte ich, daß es vielleicht die einzige Heilungschance für mich war. Er schaute mich so treuherzig an und entschuldigte sich für den Aufruhr, den er bei mir jetzt auslösen würde. Er stellte sich förmlich vor, er hatte sogar daran gedacht, einen Geburtsschein und seinen Paß mitzunehmen. Er berichtete mir, daß er Jura studiert hätte, daß er fünfundzwanzig Jahre alt sei, und daß er sich sehr damit beschäftigt hätte, nach mir, seiner Schwester, zu suchen. Er wußte vieles über mich, über meine Mutter, erzählte Anekdoten über mein Leben, und ich staunte nur, als ich ihm zuhörte. Ich vergaß sogar, ihm etwas zu trinken anzubieten, und er saß in meinem Wohnzimmer und hatte nicht mal seinen Mantel ausziehen dürfen. Er erzählte weiter, und ohne daß wir es merkten, gingen wir beide zum Du über. Es schien uns ganz natürlich.

»Ich hätte dich schon lange gefunden, Lara, wenn du nicht plötzlich ins Ausland verschwunden wärst«, sagte Roberto außer Atem. Er erzählte und erzählte, sprach nervös und hastig, als wüßte er nicht genau, wie lange ich ihm zuhören und wann ich ihn hinauswerfen würde.

»Aber woher weißt du so genau über mich Bescheid?« wollte ich wissen.

»Dein Anwalt, dieser Tom Bryan war mein Dozent an der Uni und später ein lieber Freund. Er hat mir das alles erzählt. Natürlich nur jenes, was nicht unter die Schweigepflicht fiel, und nur das, was er mir sagen durfte, weil ich ein Verwandter war. Erinnerst du dich? Nach Jahren erst hast du dich getraut, deinen Vater anzuzeigen, und nach dem Prozeß hat sich deine Mutter scheiden lassen. Das hast du vielleicht gar nicht mehr mitbekommen, weil du den Kontakt mit ihr abgebrochen hattest.«

»Stimmt, mit meiner Mutter wollte ich auch nichts mehr zu tun haben, weil sie über all die Jahre so getan hatte, als ob ich das alles erfinden würde. Stell dir vor, Roberto, praktisch jede Nacht stieg dieser Unhold in mein Bett, und Mama tat so, als wäre nichts passiert und als würden diese Mißbräuche nur in meinen Träumen geschehen sein.«

»Ich weiß, Lara, das muß das Schlimmste sein für ein kleines Mädchen, solche Qualen durchzumachen, und dann nicht mal ernst genommen zu werden.« Und Roberto nahm mich, den Tränen nahe, in seine Arme. »Aber was du nicht weißt, Lara, ist das Ende der Geschichte. Das ist übrigens sehr schade, hast du nie davon in den Zeitungen gelesen?

»Wovon?« fragte ich.

»Als deiner Mutter endlich die Augen aufgingen, als sie merkte, was sie dir selber angetan hatte, indem sie dir nie geglaubt und dich nicht unterstützt hatte, überkam sie eine solche Wut, daß sie endlich aktiv wurde. Sie suchte intensiv nach dir, aber kein Mensch wußte damals, daß du nach Australien ausgewandert warst.«

»Was, das weißt du auch?« staunte ich.

»Ich habe mich in den letzten Jahren fast nur mit unserer Familie beschäftigt, Lara. Unsere Geschichte wurde übrigens auch das Thema meiner Dissertation: *Kindesmißbrauch und seine Folgen.* Aber zurück zu deiner Mutter. Sie hat sich nicht nur scheiden lassen, sie hat ihn noch zusätzlich wegen eines anderen Deliktes angezeigt. Und zwar wegen Vergewaltigung in der Ehe. Offenbar hat auch sie unter ihm gelitten, und in ihrem Schmerz und in ihrer Verzweiflung hatte sie weder Augen noch Ohren für deine Qualen, Lara. Ich glaube, du darfst ihr nicht allzu böse sein. Übrigens, und das habe ich bei meinen Recherchen herausgefunden, wissen oder ahnen sehr viele Mütter von den Mißbräuchen ihrer Ehemänner an ihren Kindern, aber sie ignorieren sie. Die Angst vor einer Anzeige, die Furcht vor der Wut des Ehemannes und so weiter zwingen sie, alles hinzunehmen. Kommt er in den Knast, wird die Existenz der Familie gefährdet, all diese Gründe lassen eine Frau meist feige schweigen.«

»Ich weiß ja, davon habe ich auch gehört, aber wenn es dich selbst betrifft, begreifst du das nicht, und vor allem, du kannst das deiner Mutter nie im Leben verzeihen.«

»Natürlich, Lara, ich mache dir keinen Vorwurf, ich bin auch nicht gerade ein Weltmeister im Vergeben. Als ich im Alter von fünfzehn Jahren diverse Zeitungsartikel über meinen Vater fand und entdeckte, was für ein Unhold er ist, bin ich ausgezogen und ging nach Amerika. Meine Mutter, seine zweite Frau, versuchte mich zurückzuhalten. Aber als ich ihr meine Beweggründe erklärte, unterstützte sie mich und fand in den USA eine Familie, die mich aufnahm, als wäre ich ihr eigener Sohn. Meine Mutter ist übrigens von deinem Vater in der Zwischenzeit auch geschieden. Sie hielt es nach der Entdeckung der Wahrheit mit ihm nicht mehr aus. Stell dir vor, er hatte ihr nicht mal gesagt, daß er im Knast war.«

Es war unglaublich, was mir Roberto alles erzählte. Ich ließ ihn reden, hörte ihm aufmerksam zu, und die Abneigung, die ich zu Beginn gegen ihn hatte, verschwand im Laufe von Minuten mehr und mehr. Nie hätte ich gedacht, daß ich einen Sohn von dieser Bestie so nahe an mich heranlassen könnte, nie hätte ich geahnt, daß ich das Fleisch und Blut dieses Scheusals akzeptieren würde. Aber immer wieder mußte ich mir sagen, *er* kann ja wirklich nichts dafür. Plötzlich bekam ich einen fulminanten Migräneanfall, und ich hatte das Bedürfnis, alleine zu sein.

»Roberto, würde es dir etwas ausmachen, mich jetzt alleine zu lassen? Ich brauche ein wenig Zeit für mich, um das Ganze zu verarbeiten. Ich muß das alles verdauen, muß mich daran gewöhnen, daß ich einen kleinen Bruder habe, und zudem habe ich gräßliche Kopfschmerzen.«

»Aber natürlich, Lara, ich gehe auf der Stelle. Versprichst du mir, daß ich wiederkommen darf? Oder kommst du mich mal besuchen, ich habe eine hübsche kleine Wohnung, hier ist meine Visitenkarte mit Adresse und Telefonnummer.«

»Selbstverständlich bleiben wir in Kontakt. Du hast ja meine Koordinaten auch, wir rufen uns an. Tschüß, Roberto, mach's gut.«

Und wir umarmten uns, als würden wir uns seit Jahren kennen. Seine Nähe war mir nicht unangenehm, obwohl er derart seinem Vater ähnlich sah.

Sein Eau de Toilette war diskret und von guter Qualität, und seine Gesichtshaut war warm und weich, als ich ihm einen Kuß auf die Wange gab.

Endlich allein ... Mensch, war das ein verrückter Abend gewesen. Roberto war nur etwa eine Stunde bei mir gewesen, aber ich empfand es wie eine Ewigkeit. In dieser Stunde war so viel gesprochen und aufgedeckt worden, so viele Gefühle des Hasses und der Betroffenheit waren durch unsere Worte geronnen, daß mein Kopf beinahe explodierte. Ich mixte mir einen Wodka Orange und setzte mich in meinen bequemen Fernsehsessel. Ich hörte noch Robertos Stimme, hätte jeden Satz wiederholen können, den er gesagt hatte, jede Emotion, jede Rührung, die ich in dieser kurzen Stunde gefühlt hatte, kam wieder hoch. Plötzlich schluchzte ich und fühlte eine gewaltige Verzweiflung in mir hochkommen. Die Wunde in meiner Seele war wieder geöffnet worden, und es zerriß mir fast das Herz. Die Enge in meiner Brust wurde unerträglich, und ich ging trotz der Kühle des Abends auf die Terrasse. Mit dem Wodkaglas in der Hand ging ich auf und ab. Die grauenvollen Erinnerungen kamen hoch, die Gespenster der seelischen und körperlichen Vergewaltigungen waren präsent, als wäre das Ganze erst gestern passiert.

Schon damals bei der Gerichtsverhandlung hatte ich die selben Gefühle der Beklemmung, der Atemnot und des Seelenschmerzes verspürt. Aber ich war zu jener Zeit so voller Haß gegen diesen Unmenschen, daß mir die Wut in gewisser Weise als eine Art Schutzschild diente. Die etlichen Anhörungen bei der Polizei und die Schilderungen vor Gericht waren zwar ebenfalls sehr hart und schrecklich, gingen aber irgendwie weniger tief als die Begegnung heute mit dem Sohn meines Peinigers.

Ab jetzt begann die Verarbeitung meiner schrecklichen Jugend, und ich hielt den Druck nicht aus, ich brauchte jemanden. Ich, die Frau die immer alles alleine bewältigte, die am liebsten immer alleine war, brauchte heute abend einen Menschen, der ihr beistand. In solchen Momenten merkst du, wie asozial du bist. Keine gute Freundin, kein guter Freund, nur Liebhaber und flüchtige Bekannte. Im ersten Moment dachte ich daran, Ralf anzurufen, aber was war, wenn seine Freundin den Anruf entgegennahm? Ich schrieb ihm mit zitternden Fingern ein SMS: *»Brauche dich dringend, Ralf! Ruf mich zurück, wenn du kannst. Danke. Kiss, Lara.«*

Keine zehn Minuten später rief er mich an und war ganz erschrocken über meine Worte. Er schien sich tatsächlich Sorgen um mich zu machen. Rasch erzählte ich ihm die Story mit Roberto und dankte ihm, daß er mir zugehört hatte. Ich wollte mich von Ralf verabschieden und ihn fragen, wann er wieder mal Zeit hätte, mit Martin vorbeizukommen, als er sagte: »Ich spring' ins Auto und bin in einer halben Stunde bei dir!«

Und schon hatte er aufgelegt. Ich hatte keine Zeit gehabt zu protestieren oder ihn zu bitten, mir Zeit zu lassen, mich für ihn schön zu machen.

Als ich Ralf kurze Zeit später in meine Wohnung einließ, nahm er mich wortlos in seine Arme und streichelte meine Haare. Er legte seinen Arm um meine Schulter und führte mich ins Wohnzimmer. Wir setzten uns auf die Couch und sahen uns nur schweigend an. Er war es, der als erster zu mir sprach: »Jetzt kommt deine ganze verdammte Jugend, der ganze Horror, wieder an die Oberfläche, stimmt's?«

»Ja!« bestätigte ich nur.

»Aber es könnte unter Umständen eine Möglichkeit für dich sein, das Entsetzen, das dich seit Jahren plagt, zu verarbeiten«, sagte Ralf sehr klug.

»Genau so habe ich es auch gesehen, und darum war ich bereit, diesen Roberto, meinen Bruder, überhaupt zu mir zu lassen und ihn anzuhören.«

»Das brauchte viel Mut und viel Stärke, ich bewundere dich, Lara.«

Erstaunlich, wie Ralf mit mir sprach und was er sagte. Ich hatte ihn eher als einen nicht sehr feinsinnigen Menschen gesehen, als eine Art Muskelmann, der nicht sehr gebildet oder belesen war. Als Kneipenbesitzer ließ er in mir die Vermutung aufkommen, daß er im Leben nichts anderes erreicht hatte, so nach dem Motto: Wer nichts wird, wird Wirt. Aber wie er in diesem Moment zu mir hielt, mich tröstete und mich unterstützte, überraschte mich. Seine Aussagen zeugten von einer feinfühligen Intelligenz. Deshalb verliebte ich mich an diesem Abend in ihn. Körperlich war ich ihm seit dem ersten sexuellen Erlebnis verfallen, aber gefühlsmäßig hatte ich nicht den Eindruck gehabt, daß ich mich in Ralf je verlieben könnte. Aber an diesem Abend geschah es, und es erwärmte mein Herz. Ich begann, mich an ihn zu schmiegen, und er hielt mich mit seinen starken Armen fest an seine Schulter gedrückt. Wir küßten uns, und in diesem Kuß war Leidenschaft, Verzweiflung und ein immenses Verlangen.

»Ich habe Lust nach dir, Ralf, bitte liebe mich.«

Erneut nahm er mich zärtlich in seine Arme und begann, mich sanft zu streicheln, mich überall zu küssen, und diese Gesten waren voller Liebe. Plötzlich versteifte ich mich, stieß ihn von mir weg und wehrte mich gegen diese wunderbaren Liebkosungen.

»Schlag mich, Ralf ... tu mir weh ... bitte.«

Er schaute mich ungläubig an und erwiderte: »Ich kann dir nicht wehtun, Schatz, dazu liebe ich dich viel zu sehr.«

»Ach was, mach dich doch nicht lächerlich, du und mich lieben.«

»Ehrlich, Lara, als ich dich zum ersten Mal gesehen habe, habe ich mich schon in dich verliebt.«

»Also, du großer Schwindler, wenn du mich liebst, dann schlag mich jetzt. Ich brauche etwas, das stärker ist als der Seelenschmerz, bitte. Etwas, das mehr weh tut als das, was ich in diesem Moment in meinem Herzen spüre.«

Erschrocken sah er mich an, und er konnte sich nicht überwinden, mich jetzt und hier einfach zu verprügeln.

»Bitte, Ralf, so glaub mir doch, ich brauche das jetzt,

sonst gehe ich kaputt.«

Er schaute mir tief in die Augen, als würde er mich fragen: Ist das dein voller Ernst? Und ich sah ihm an, wie er überlegte und mit sich kämpfte. Plötzlich veränderte sich sein Blick. Seine Augen wurden kalt, und das sanfte Hellblau seiner Iris wurde dunkel wie das Meer. Um seinen Mund spielte ein leises Zucken, als wüßte er nicht, sollte er loslachen oder mich verfluchen. Als seine Augen unvermittelt gefährlich blitzten, wußte ich, er würde es tun.

»Steh auf!« befahl er. »Zieh dich aus, aber rasch.«

Ich gehorchte, stand auf, begann mich auszuziehen und fühlte, wie sich meine Muschi zusammenzog. Kurz darauf, gerade als ich mein Höschen vor ihm auszog, spürte ich, wie der Fotzensaft aus meiner Spalte herausfloß. Ich stand etwas verlegen vor diesem großen prächtigen Mann, der mich unverhohlen anstarrte. Unerwartet kam eine Art Scham über mich, und ich versuchte mit Armen und Händen, meine intimsten Stellen ein wenig zu verdecken.

»Was soll das?« schimpfte er. »Weg mit den Händen und auf die Knie, aber dalli.«

Ich kniete vor ihm nieder, wie er es angeordnet hatte, und schaute ihn verunsichert und ängstlich an. Hatte ich da etwa fahrlässig gehandelt, als ich ihn bat, mich zu schlagen? Interessanterweise hatte ich jetzt keine Lust mehr nach Schlägen, und meine Seele tat auch nicht mehr weh. Ich fühlte nur noch meine Möse, wie sie anschwoll und zuckte, und meine Brustwarzen, wie sie sich verhärteten.

»Komm her zwischen meine Beine und blas mir einen«, unterbrach er meine Gedanken.

Auf den Knien rutschte ich zu ihm hin und beugte mich über seinen Schoß. Er hatte seine Hose schon geöffnet und streckte mir sein erigiertes Glied entgegen. Ich öffnete den Mund und verschlang gierig und lustvoll diesen wunderschönen Schwanz. Ich hörte, wie Ralf seinen Hosengürtel aus den Schlingen zog, und bevor ich Zeit hatte, mich zu fragen, was er damit im Sinn haben könnte, sauste das Leder durch die Luft und geißelte brennend meinen Arsch. Vor Schreck hätte ich beinahe in Ralfs Schwanz gebissen. Nicht zu auszudenken, was ich da für eine Bestrafung bekommen hätte.

Vor Entsetzen vergaß ich, ihn weiter zu verwöhnen, schloß die Augen, biß die Zähne zusammen und machte mich mutig auf einen nächsten Schlag gefaßt. Ich hatte es ja so gewollt.

»Was ist? Habe ich dir erlaubt aufzuhören? Los, lutsch weiter, und zwar etwas eifriger als bisher. Ich weiß, du kannst das besser.« Und er drückte mein Gesicht zurück auf seinen Penis. Sekunden später blitzte ein zweiter Schlag über meine Lenden, und ich zog zischend die Luft ein. Ein dritter heftiger Schlag mit seinem Gürtel peitschte zwischen meine Pobacken, und ich winselte. Diese Praktiken mußten ihn sehr erregen, denn ich spürte, wie sein Schwanz anschwoll, pulsierte und kurz vor dem Explodieren war. Dabei hatte er behauptet, er könne keine Frau schlagen, dies würde ihn nicht anmachen.

Und tatsächlich, kurz bevor er zum Orgasmus kam, packte er mich grob bei den Haaren, zog meinen Kopf hoch und befahl mir, mich aufzurichten. Er stand auf, hielt in einer Hand immer noch seinen Hosengürtel und mit der anderen zerrte er mich kniend bis zur Mitte des Wohnzimmers. Dort ließ er mich los, und befahl mir, mich auf alle viere zu stellen.

»Bleib so stehen und rühr dich nicht von der Stelle, ich hole mir die Reitpeitsche, die ich bei unserem letzten Besuch gefunden habe. Hast du die so präpariert?« fragte er streng.

»Was meinst du mit präpariert?« fragte ich unschuldig zurück.

»Du weißt genau, was ich meine. Der Knauf ... die Kugel am Griff der Peitsche, ist mit Kerzenwachs präpariert.«

»Ach, das meinst du! Ja, die brauche ich manchmal, wenn ich mich sehr nach einem Mann sehne, nach einem Schwanz verstehst du, dann stecke ich mir diese Wachskugel in meine Pussi und onaniere dabei.«

»In deine Möse steckst du sie? So so, und wirklich nur dorthin?«

Ich kam nicht dazu, ihn zu fragen, was er meinte, denn er entschwand ins Gästezimmer, wo sich meine ominöse Spielzeugschublade befand. Es befanden sich dort die schon einmal erwähnten Geschenke von Jim, meinem Ex, die ich noch durch ‚Eigenkreationen' wie eben diese zubereitete Peitsche, eine selber modellierte Kerze, eine Champagnerflasche und meine heißgeliebte elektrische Zahnbürste ergänzt hatte. All diese spannenden Sachen machten aber keinen Spaß mehr, wenn ich sie selber benutzen mußte.

Ich hörte, wie Ralf zurückkam. Seine Schritte waren bestimmt, kräftig und maskulin und zeugten von herbem Tatendrang. Wieder mußte ich daran denken, ob das wirklich eine gute Idee gewesen war, ihn zu bitten, mich zu schlagen. Dabei hatte unser Zusammensein so sanft und schön begonnen. Warum mußte ich mir auch immer die schönen Momente im Leben verderben?

Und an diesem Abend begann ich zu begreifen, was sich tief in meinem Innern in solchen Momenten der Zärtlichkeit und der Melancholie abspielt. Um keine Gefühle aufkommen zu lassen, die jedes Mal meine Seele zutiefst quälten, brauchte ich körperlichen Schmerz. Das war also das Rätsel meiner Eigenart! War das möglich? Die Abnormität meiner sexuellen Gelüste, meiner perversen Träume und obszönen Phantasien waren eine Reaktion auf meine Ängste vor der Erinnerung, vor den aufkommenden Gefühlen.

Ich kam nicht dazu, diesen Gedanken weiter zu verfolgen, denn im nächsten Moment verhaute mir Ralf mit der Peitsche meinen schon arg drangsalierten Po. Immer noch kniete ich auf allen vieren mitten im Wohnzimmer, und Ralf postierte sich neben mich. Eingeschüchtert schaute ich ihn von der Seite zaghaft an, und er lächelte mich spöttisch an. »Komm, du kleines Luder, streck mir deinen geilen Arsch entgegen. Mach nicht so einen Katzenbuckel, schön hohl muß dein Kreuz sein, jawohl, dann erst kommt dein runder

Po richtig zur Geltung. Und jetzt spreiz deine Beine, noch besser, breiter, jaaaaahh, so ist's recht. Und jetzt die Schultern runter, los, marsch, runter mit dem Kopf, jawohl, so gefällt mir meine kleine Sklavin gut, so richtig devot, gehorsam und demütig.«

Diese überaus erniedrigende Haltung, Po in der Höhe und Schultern und Kopf am Boden, war dermaßen ehrlos, daß mir der Mösensaft bereits das Bein hinunterrann. Er drehte die Peitsche elegant in seiner Hand um und legte mir den runden Knauf an die Schamlippen. Lange brauchte er nicht auf und ab zu reiben, so triefend naß war meine Pussi. Die glatte Oberfläche des mit Kerzenwachs überzogenen Griffs der Peitsche war überaus erregend, und ich konnte es kaum erwarten, daß er mir das verrückte Ding hineinsteckte. Gleichzeitig befürchtete ich, daß er sie allzu tief in meine Fotze führen und mir wehtun könnte. Äußerst behutsam stieß er zu, und der kleine Widerstand, den meine vor Erregung geschwollene Spalte diesem herrlichen Druck entgegensetzte, war unwiderstehlich. Kaum war das lüsterne Instrument in mir drin, zog er es wieder heraus und streifte damit über meine Pospalte hoch. Erneut steckte er mir die Peitsche in meine Scheide, um sie gleich wieder herauszunehmen und wieder über meine Rosette zu streichen. Urplötzlich merkte ich, was er vorhatte und protestierte heftig. »Nein, Ralf, nicht dort, bitte, das geht nicht. Nein, bitte, nicht hinten reinstecken, das Ding ist zu groß.«

»Hier bestimme ich, was geht oder nicht geht«, sagte er mit rauher Stimme. »Natürlich werde ich dir diese tolle Kugel in dein süßes kleines Löchlein einführen. Du wirst sehen, wie das geht und wie es dir gefallen wird.«

Und nochmals führte er mir die Peitsche in meine Spalte, um sie rasch wieder vor meine Rosette zu legen. Dort hielt er inne und drückte leicht zu. Ich versteifte mich, schloß die Pobacken und meinen Schließmuskel heftig zusammen, und Ralf schimpfte mit mir. Er drehte die Peitsche hastig in seiner Hand um, und gab mir damit drei rasende Schläge auf meine beiden Halbkugeln. Ich jammerte und hob meinen Oberkörper, damit ich mich mit einer Hand vor den Hieben schützen konnte.

»Weg mit den Händen, sonst binde ich sie dir auf dem Rücken zusammen«, schalt er mich. Gleichzeitig drückte er mir mit seiner freien Hand den Nacken runter, und mein Gesicht lag wieder auf dem Teppich.

Von Neuem strich er mit dem Peitschenknauf über meine erregten Schamlippen, befeuchtete die Wachskugel mit meinem Saft und legte sie wieder an mein Arschlöchlein. Reflexartig zog sich dieses vor Angst zusammen, und als er zustoßen wollte, versagte das Experiment erneut. Das Spielzeug war einfach zu groß.

»Hilfe, Ralf, mach das nicht, ich bin zu schmal gebaut, dort kommst du niemals mit diesem Ding rein, hör auf bitte!« winselte ich.

»Was glaubst du, was da alles rein kann. Es gibt Sado-Maso-Anhänger, die stecken sich gegenseitig die ganze Faust dort rein. Also, stell dich nicht so an, entspann dich, wenn du nicht willst, daß ich dir weh tue, denn ficken werd' ich dich mit dem Ding, ob es dir paßt oder nicht!«

Und wieder legte er das von meinem Saft eingeölte Peitschenende vor meine Rosette, und mit der anderen Hand streichelte er mich äußerst zärtlich über den Rücken. Das brachte mich aber nicht dazu, mich zu entspannen. Er spielte mit meinen Brüsten, kniff in meine linke Brustwarze, steckte mir seinen großen Daumen in den Mund und befahl mir, diesen zu lutschen. Dann verwöhnte er meinen ganzen Körper mit unzähligen Küssen, bis ich nicht mehr auf seine eigentliche Absicht gefaßt war. Dann stieß er zu. Der Schmerz war gleichzeitig feurig und hinreißend. Ich schrie auf, und die Tränen schossen in meine Augen. Ich wollte mich gegen diese Mißhandlung wehren, aber Ralf hatte mich fest im Griff und hielt mich, als wäre ich in einen Schraubstock gespannt. Langsam ging er mit seinem Folterinstrument tiefer in meinen Darm, und ich verkrampfte mich abermals.

»Ganz locker lassen, Kleines, ganz ruhig und entspannt bleiben«, flüsterte er in mein linkes Ohr. Und er drang noch tiefer in mich ein. Dann zog er die Peitsche sachte wieder zurück, und bei der Barriere meines Schließmuskels hielt er inne. Er wußte, daß das Herausnehmen dieser Wachskugel genau so lustvoll wie schmerzhaft sein würde. Und genau so war es auch. Als er mir die Peitsche mit einem Ruck herausriß, brüllte ich laut, und der gellende Schrei war selbst für mich ohrenbetäubend. Kaum hatte ich mich von diesem lüsternen Schmerz erholt und war froh darüber, daß ich diese Mißhandlung relativ heil überstanden hatte, steckte er mir die Peitsche brutal wieder in meine Rosette. Ich wand mich vor Schmerz und Angst und wollte mich gegen diese Folter wehren. Der Schreck verlieh mir eine solche Kraft, daß ich Ralf abschütteln konnte und er neben mir hinfiel. Die Wut verzerrte sein Gesicht, und seine Augen wurden noch kälter. Mit einem kräftigen, schwungvollen Satz kniete er wieder neben mir und legte rasch ein Bein über meinen Rücken damit ich ihm nicht entgleiten konnte. Rittlings saß er über mir und hatte die Peitsche, die immer noch in mir drinsteckte wieder in der Hand. Bevor er begann, wieder damit zu spielen, drückte er beide Beine links und rechts von meinem Körper zusammen und hielt in dieser Art Reitstellung meinen Rücken wie in einem Feilkolben fest.

Erneut zog er, diesmal langsam und behutsam, den Peitschenkopf aus meinem geschundenen Körper heraus, um ihn sogleich wieder einzuführen. Ich winselte, und wieder mußte ich weinen vor Angst. Wimmernd flehte ich ihn an aufzuhören, aber er lachte mich nur aus. Dann steckte er mir die Peitsche in meine Möse, und ich konnte aufatmen.

»Das hingegen gefällt dir, was? Alles immer nur in die Fotze, das könnte euch Frauen so passen, was? Wir Männer lieben die Abwechslung, und darum ...«, er zog sie aus meiner nassen Spalte und führte sie mir wieder hinten rein, »und darum stecke ich sie dir wieder in den Arsch, du geiles Miststück!«

Ich zitterte am ganzen Leib, denn jetzt war es keine Spielerei mehr, die er mit mir anstellte. Ich spürte bitteren Ernst in seinen Taten, so, als ob er eine Heidenwut auf alle Frauen dieser Erde hätte. Ich spürte, ich mußte etwas unternehmen, wenn ich nicht schlimmeres Gemach über mich ergehen lassen wollte. Vor Erschöpfung glitt ich aber erst einmal trotz seiner muskulösen Oberschenkel, die mich einklemmten, zu Boden. Auf dem Bauch lag ich unter ihm, und spürte immer noch die quälende Peitsche in mir drin.

»Können wir eine kleine Pause machen, Liebster?« fragte ich mit weinerlicher Stimme. »Ich blas dir einen, wenn du dich auf das Sofa legst. Komm, Ralf, ich möchte dich verwöhnen, setz dich auf.«

»Nichts da«, raunte er. Er packte mich bei den Hüften, hob mich hoch, als wäre ich federleicht, und stellte mich kniend vor die Couch. Er drückte meinen Oberkörper nach unten, hob meinen Hintern an, spreizte rücksichtslos meine Schenkel, und mit einem Ruck steckte er mir seinen harten Schwanz in den Po. Wieder schrie ich vor Entsetzen, denn seine Männlichkeit war nicht gerade ideal in der Größe, um in mein süßes kleines Löchlein zu passen. Er fickte mich erbarmungslos und krallte seine Finger in meine Hüften.

»Schön so, nicht wahr, Lara? Gefällt dir besser als die Peitsche, oder? Na, sagst du nichts mehr?«

Ich stöhnte nur, trotz meiner Furcht brachte er es immer wieder zustande, daß ich unwahrscheinlich erregt war. Ich jammerte ein kleines »Jaaaaaaa ...!« hervor, und er lachte schallend. Dann entzog er sich und suchte die untere, die nasse, die klaffend offene Spalte, um mich mit harten Stößen zu ficken. Das hingegen genoß ich wieder in vollen Zügen, und mein Stöhnen und Jammern klang wieder lüstern und begierig. Als er aber gleichzeitig versuchte, mir neben seinem Schwanz auch noch die Peitsche in den Hintern zu stecken, wehrte ich mich vor Schreck so ruckartig, daß er, überrascht durch die unerwartete Bewegung meines Körpers, nicht in der Lage war, zu reagieren. Ich hatte ihn in meiner Heidenangst weit von mir gestoßen, und er lag jetzt am Boden. Er setzte sich auf die andere Seite der Couch, und so hatte ich Zeit aufzustehen und davonzulaufen. Was glaubte ich Närrin, wohin ich hätte flüchten können? Mit zwei eleganten Sätzen war er bei mir und erdrückte mich in seinen Armen. Er lächelte nur und streichelte sanft meine Brüste. Diese herrliche Zärtlichkeit konnte ich aber nicht genießen, denn ich wußte, es würde nicht lange dauern, bis er mich auf irgendeine Weise für meinen Fluchtversuch bestrafen würde. Und in diesem Moment bekam ich Angst vor diesem großen starken Mann, den ich eigentlich überhaupt nicht kannte. Er hätte mich in meiner eigenen Wohnung erdrosseln und sich davonschleichen können, und kein Mensch hätte ihm irgend etwas nachweisen können.

Mein Körper verspannte sich bei diesem Gedanken, und seine Berührungen an meiner Brust wurden fast unerträglich.

»Woran denkst du gerade, du kleines scharfes Weibchen? Dein Körper fühlt sich steinhart an, gefällt es dir nicht, wenn ich dich so sanft streichle?«

Und jetzt strichen seine beiden Hände lammfromm über meinen Körper. Er brauchte mich nicht mehr festzuhalten, ich war wie paralysiert an seinen Oberkörper gelehnt und war zu keiner Bewegung fähig. Ich kam mir ganz klein zwischen seinen Armen vor, mein Rücken war schweißnaß und klebte an seiner Brust. Seine Hände fuhren liebevoll über meinen Bauch, über meine Hüften, meine Arme, meine Schultern, über meine Brüste, mein Gesicht und meinen Hals, um schlußendlich zwischen meinen Beinen zu landen, wo eine kleine Sintflut stattfand. Reflexartig öffneten sich meine Schenkel, um diesen herrlichen Pranken Einlaß zu gewähren.

»Es ist unglaublich mit dir«, schimpfte er mit wütender Stimme. »Du könntest kurz vor deiner eigenen Ermordung stehen, aber du wärst immer noch geil und triefend naß in deiner Fotze, stimmt's?«

Ich hielt eine Antwort für überflüssig, schwieg ergeben vor mich hin und drückte mich noch fügsamer an seine Brust, während sich meine Beine mehr und mehr öffneten.

»Ich spreche mit dir!« brüllte er, und mit einem gekonnten Griff legte er mich über sein Knie und versohlte mir mit seiner kräftigen Hand den Hintern. »Antworte gefälligst, wenn ich dich was frage«, wetterte er.

»Ich weiß die Frage nicht mehr«, flüsterte ich devot

und ängstlich. »Ich habe die Frage vergessen.«

»Ach, vergiß es, komm, wir gehen in dein Bett, los geh voraus, aber etwas rasch, und leg dich auf den Bauch, ich hole die Fesseln, du brauchst jetzt eine gehörige Züchtigung.«

Wie ein geschlagener Hund marschierte ich gehorsam in das Schlafzimmer, und willig wie ein Roboter legte ich mich zitternd auf das breite Bett. Das Gesicht hatte ich ins Kopfkissen geschmiegt und die Beine fest zusammengekniffen, als er hereinkam. Er setzte sich neben mich und streichelte mich wieder mit dieser beängstigend sanften Art über den ganzen Körper. Er kitzelte über meine Fußsohlen, und sogar das erregte mich bis zum Wahnsinn. Kitzlige Stellen an meinem Körper werden beim Sex zu den erogensten Zonen, die man sich überhaupt vorstellen kann. Wenn Ralf wüßte, daß ich, gefesselt und an den Füßen gekitzelt, wahrscheinlich sterben würde vor Aufregung und Erregtheit, würde er sich diese Freude nicht nehmen lassen. Er spreizte jetzt vorsichtig meine Beine und streichelte die Innenseiten meiner Schenkel. Ich stöhnte vor Aufruhr, und ich sah ihm den Spaß an, den er an meinen sanften Qualen hatte.

»Du bist das geilste Luder, das mir je über den Weg gelaufen ist, Lara. Schämst du dich nicht?«

Diesmal wußte ich, daß ich ihm eine Antwort schuldig war, aber was sollte ich bei einer solchen Aussage schon erwidern. Und bevor ich Zeit hatte, mir eine Antwort auszudenken, war Ralf schon wieder wütend und schlug mir mit der flachen Hand auf die linke Pobacke. Er riß meinen Kopf an meinen Haaren herum, schaute mir streng in die Augen und wollte wieder schimpfen. Aber er schien es hinunterzuschlucken, und statt dessen stülpte er seinen Mund hart über meine weichen Lippen und küßte mich barbarisch. Die eine Hand war immer noch in meinem Haar verkrallt, und mit der anderen drehte er mich an der Schulter auf den Rücken. Er stieg über mich, drängte sich mit seinen durchtrainierten Beinen zwischen meine Schenkel, und sein Penis glitt ohne Widerstand in meine glitschige Pussi. Ich war froh, daß er vor Erregtheit und Ungeduld vergessen hatte, daß er mich eigentlich fesseln wollte. Die Stricke lagen am Boden neben dem Bett. Jetzt stöhnte er leise, sein Gesichtsausdruck wurde weicher, sein Kuß sanfter. Während er mich liebte, streichelte er sanft über meine Brust, mein Gesicht und über mein Haar. Als er laut zu atmen begann und seine Stöße härter wurden, wußte ich, daß ich ihn gleich ganz glücklich machen würde. Ich törnte ihn mit lustvollen Worten an, kam ihm mit meinen Hüften entgegen, stemmte meinen Körper gegen seinen, bis ich merkte, wie sich sein Schwanz nochmals versteifte. Seine letzten Stöße begleitete er mit einem Urschrei, dann ergossen sich seine heißen Salven in meinen Unterleib. Ich drückte ihn liebevoll an mich, und seine Rückenmuskeln entspannten sich. Seine Lippen waren wieder auf meinem Mund, und seine Zunge spielte ganz sanft mit meiner. Lange blieben wir wortlos einfach so liegen, spürten unsere Körper innig aneinandergeschmiegt und unsere Herzen, wie sie im Einklang zusammen pochten.

»Na, war das ein Ablenkungsmanöver oder nicht? Habe ich es geschafft, dich eine Stunde lang alles vergessen zu lassen oder nicht? Und wage es ja nicht, wieder mit dem Grübeln anzufangen, sonst lege ich dich gleich wieder übers Knie. Und weißt du was, jetzt könnte es passieren, daß es mir Spaß macht, dich zu verprügeln. Ich kann nichts dafür, du bist schuld, ich kannte diese bizarre Art, eine Frau zu behandeln, bisher nicht.«

Auch darauf gab ich keine Antwort, ich schmiegte mich nur noch inniger an seine Brust und suchte seine beschützenden Arme. Ich döste nach einigen Minuten zufrieden ein und hörte nur, wie er mir gute Nacht wünschte und sich vorsichtig aus meiner Umarmung löste.

*

Der nächste Tag war sehr stressig. Termine über Termine, lange Gespräche und doch keine fruchtbaren Ergebnisse. Ich war es leid, stellte meinen PC ab und verließ das Büro. Ich ließ meinen Wagen in der Einstellhalle stehen und schlenderte zu Fuß nach Hause, was mich zwang, am nächsten Tag dann wieder einen Spaziergang zur Arbeit zu machen. Es war jetzt sieben vorbei, und ich nahm die Abkürzung durch den autofreien Park. Ich dachte über Ralf nach, über mein gestriges Abenteuer mit ihm und über meine Gefühle ihm gegenüber. Ich kam zu keinem Ergebnis, da ich nicht mehr genau wußte, was ich für ihn empfand. War er in meiner Nähe, war ich nervös und hatte Herzklopfen, war er nicht da, vermißte ich ihn nicht. Da ich in meinen Grübeleien nicht weiterkam, wechselte ich in meinen Gedanken zu Roberto. Es waren noch keine zwei Tage her, daß ich ihn kennengelernt hatte, und doch empfand ich es, als wären es Wochen. Ich ertastete in meiner Manteltasche die Visitenkarte, die er mir gegeben hatte, und drehte sie zwischen meinen Fingern hin und her.

Würde ich ihn anrufen? Ich glaube es nicht. Auf jeden Fall würde ich noch lange damit warten. Wahrscheinlich würde er es vorher bei mir versuchen. In Gedanken verloren, hatte ich gar nicht bemerkt, daß ich bereits zu Hause angekommen war. Ich leerte den Briefkasten, stieg das letzte halbe Stockwerk zu Fuß bis in meine geliebte Wohnung, öffnete das Terrassenfenster und zog meinen leichten Herbstmantel aus. Erschöpft ließ ich mich mit der eingegangenen Post in der Hand auf den weichen Sessel fallen und genoß die letzten warmen Sonnenstrahlen auf meiner Terrasse. Rechnungen, Reklame, Tageszeitungen, eine Karte aus Marokko von Ursula, einer Kollegin, und zwei Umschläge von meiner Bank ließ ich ungeöffnet liegen. Einzig der komische rosarote Briefumschlag interessierte mich. Ich öffnete ihn und zog eine Doppelkarte heraus, die ich neugierig aufschlug.

Miriam und Roberto laden dich zu ihrer Verlobung ein, stand da in roten Lettern. Nanu? Wer hat einen solch tollen Geschmack? fragte ich mich irritiert. Rosa Briefpapier, rote Schrift ...? Wer ist Miriam? Keine meiner Bekannten hatte einen solchen Namen. Roberto? Himmel ja, Roberto ... mein kleiner Halbbruder. In seiner langen Geschichte hatte er mir nichts von einer Freundin und vor allem nichts von einer bevorstehenden Verlobung erzählt. Ich schaute rasch nach Adresse und Datum des freudigen Ereignisses, und tatsächlich: Die Adresse stimmte mit jener auf Robertos Visitenkarte überein. Das angekündigte Fest fand in vier Wochen statt. Da hatte ich ja noch genügend Zeit, mir zu überlegen, ob ich überhaupt hinwollte oder nicht.

Eine Woche später, ich hatte Roberto, meinen Vater,

die Einladung, die Verlobung, Ralf und meine schmerzenden Stellen am Po (von Ralfs Züchtigung) vergessen, als das Telefon mitten in einer Besprechung klingelte. Ich haßte das, vergaß aber mit regelmäßiger Gewohnheit, die Anrufe zu meiner Sekretärin umzustellen. Ich entschuldigte mich bei meinen Gästen, und enerviert kreischte ich ein kurzes »Ja« in die Muschel.

»Hallo Schwesterchen, hier ist Roberto. Störe ich dich?«

»Ja, mein Lieber, ich bin gerade in einer Besprechung, hast du was Wichtiges, oder kann ich dich heute abend von zu Hause aus anrufen?«

»Nichts Wichtiges, Lara. Wollte nur fragen ob du Miriams Einladung erhalten hast, und ob du sie vor dem Fest gerne kennenlernen möchtest.«

»Gute Idee.« Dabei hatte ich keine Lust, dieses Mädchen kennenzulernen. »Ich rufe dich am Abend an, okay?« fügte ich noch hinzu.

»Wunderbar, danke, tschüß, Schwesterchen!«

Wieso mußte er mich plötzlich Schwesterchen nennen? Das nervte mich, und ich brauchte einige Sekunden, um mich wieder zu fassen und mit der Arbeitssitzung fortzufahren.

Gegen sechs, als ich meinen Schreibtisch räumte, um mich nach Hause zu begeben, war ich nicht mehr sicher, ob ich Roberto noch anrufen wollte. Irgend etwas hielt mich davon ab. Dieses blöde künstliche ‚Schwesterchen' regte mich immer noch auf. Da gingen mir plötzlich die Augen auf, und eine Ahnung kam in mir hoch. Vermutlich war seine Miriam daneben gestanden, und er mußte ihr versichern, daß er nicht mit irgendeiner Frau telefonierte, sondern mit seiner Schwester. Ach was, korrigierte ich mich. Nur weil ich selber eine eifersüchtige Frau war, mußten es nicht alle anderen auch sein. Aber was war es dann? Warum hatte er anders geklungen als am Abend bei mir zu Hause, als er sich das erste Mal vorstellte. So entschloß ich mich, Roberto heute doch noch anzurufen und der Sache auf den Grund zu gegen.

Kaum war ich daheim angekommen, nahm ich den Telefonhörer, ließ ihn in die Tasche meiner Flanellhose fallen, schnappte mir im Kühlschrank einen Baccardi-Breezer und ging mit der Visitenkarte Robertos in der anderen Hand nach draußen. Gemütlich setzte ich mich in den weich gepolsterten Gartensessel und wählte Robertos Nummer.

»Hier bei Bauer, Miriam am Apparat!« ertönte eine hohe, junge Stimme am anderen Ende. Hoppla ... auf das war ich nicht gefaßt und antwortete nicht sofort.

»Hallo? Wer ist denn da?«

»Sorry, Miriam, hier ist Lara, Robertos Schwester, entschuldigen Sie mich, ich war nicht auf Sie vorbereitet.«

Na bravo, das war ja wieder mal das Einfallsreichste, was ich ihr hätte sagen können. Warum war ich nicht schlagfertiger? Immer, wenn mir etwas unvorbereitet oder überraschend passierte, schnitt es mir die Stimme ab, oder zumindest wußte ich nicht sofort, was ich darauf antworten soll. An diesem Makel würde ich arbeiten müssen. Sicher gab es Kurse oder Seminare, um solche Schwächen abzuschalten. *Wie reagiere ich schlagfertig auf einen zweideutigen Witz eines Kollegen!* oder *Wie antworte ich geistesgegenwärtig, wenn eine Frau abnimmt, wenn ich mit meinem Lover telefoniere will!* oder *Wie antworte ich redegewandt auf eine unerwartete Frage!*

Ich faßte mich wieder, räusperte mich und bat ohne Umschweife, Roberto zu sprechen. Ohne ein Wort von ihr hörte ich ein taubes Geräusch, als würde sie die Hand auf die Muschel legen, und alsbald ertönte die Stimme von Roberto: »Hallo Lara, schön, daß du anrufst. Wie geht es dir? Entschuldige, wenn ich dich am Nachmittag im Betrieb gestört habe.«

»Macht nichts, Roberto, ich bin selber schuld, wenn ich ewig vergesse, meine Anrufe umzuleiten. Ja, ich habe eure Einladung erhalten, bin aber nicht sicher, ob ich an diesem Samstag frei bin«, log ich.

»Ach, versuch doch zu kommen, bitte. Es würde uns so freuen. Aber vorher möchten wir dich zu einem Drink einladen. Hast du morgen abend schon etwas vor?«

Ich überlegte kurz, ob ich überhaupt Lust hatte, diese Miriam kennenzulernen, sagte aber kurzerhand trotzdem zu.

»Wunderbar, ich freue mich. Kannst du gegen acht bei mir sein?«

Den ganzen nächsten Tag war es mir unmöglich, mich zu konzentrieren und an etwas anderes zu denken als an die Einladung. Gemischte Gefühle plagten mich.

Erstens würde ich wieder mit meinem Halbbruder konfrontiert werden, und dann war da noch diese Miriam, die mir von vorneherein unsympathisch war. Warum eigentlich? Ich war doch sonst nicht so. Warum konnte ich nicht unbefangen dorthin gehen und mich freuen, ein unbekanntes Mädchen kennenzulernen? Merkwürdig, dachte ich, als plötzlich das Telefon klingelte. Es war Ralf, der sich nach langen acht Tagen wieder einmal meldete. Erst jetzt fiel mir auf, daß er sich eigentlich recht selten nach meinem Wohlbefinden erkundigte. Aber ich verdrängte die negativen Gedanken, erzählte ihm von der Verlobung, von der Frau in Robertos Leben und von der Einladung heute abend. Er gab sich dennoch interessiert und versprach, spät nachts noch einmal anzurufen, damit ich ihm erzählen könnte, wie es mir dort ergangen war.

Völlig ratlos stand ich vor meinem Kleiderschrank, denn ich hatte keine Ahnung, was ich anziehen sollte. War das überhaupt wichtig? Wen interessierte es schon, wie ich aussah. Miriam sicher nicht. Warum machte ich einen derartigen Streß daraus, mich für dieses kleine Apéro herauszuputzen? Ich verstand mich nicht, aber eine Art schwesterlicher Besitzanspruch auf Roberto ließ in mir mütterliche Gefühle aufkommen. So etwas Blödes ... Ich wählte einen klassischen bordeauxroten Hosenanzug, eine altrosa Bluse und schwarze Pumps. Mit komischen, unangenehmen Gefühlen stieg ich in meinen Wagen, stellte das GPS auf ‚Bahnhofstraße 25' und fuhr schlecht gelaunt los. Je mehr mich mein Navigationssystem in Richtung Bahnhofstraße lotste, desto bekannter kam mir die Gegend vor. Bei der nächsten Straßenkreuzung rechts, ja, das war ein Viertel, das ich kannte. Aber keine Ahnung woher. Eines wußte ich sicher, es hatte nichts mit meiner Jugend oder mit verdrängten Erinnerungen zu tun. Aufgewachsen war ich in einer anderen Stadt, also keine Sorge, diese Region mußte mir aus anderen Gründen bekannt vorkommen. Etwa aus einem anderen Leben? Hi, hi, ich mußte lachen. Nicht etwa, daß ich nicht an solche Phänomene glaubte, im Gegenteil, aber passiert war mir eine solche Erscheinung noch nie. Nun gut, vergiß es, dachte ich mir, denn ich stand vor dem Haus mit der Nummer 25, jetzt mußte ich nur noch einen Parkplatz finden.

Plötzlich kam mir in den Sinn, daß ich nichts mitgebracht hatte. Was war ich doch für eine blöde Gans! Ich war es schlicht nicht gewöhnt, eingeladen zu werden. Ich war immer diejenige, die zu sich nach Hause einlud … jedenfalls, was meine Lover betraf. Gott sei Dank hatte ich noch einen Karton Kundengeschenke im Kofferraum. Ich entnahm daraus eine feine Flasche Rotwein. Wichtig war nur, daß ich nicht mit leeren Händen kam. Ich stieg die zwei Stockwerke bis zu Robertos Wohnung zu Fuß hinauf, wie das so meine Art war, immer möglichst viel Bewegung für die Figur, und trat vor die Haustür. Leicht nervös drückte ich auf den Klingelknopf und wartete gespannt, wer wohl die Tür aufmachen würde. Geschmacklos hätte ich es empfunden, wenn Miriam dahinter gestanden hätte.

Und genau so war es auch. Sogleich war mir diese Frau noch eine Spur unsympathischer. Roberto kam angerannt und entschuldigte sich, als hätte er meine Gedanken gelesen.

»Hallo Lara, entschuldige, ich war in der Küche und habe es nicht läuten gehört. Ich bin heute der Koch in der Familie«, sagte er fröhlich.

»Aber nur wenn Besuch kommt«, ergänzte ihn Miriam. »Wenn wir alleine sind, kocht er niemals für mich«, schmollte sie, nahm ihn in die Arme und gab ihm einen flüchten Kuß mit offenem Mund und herausgestreckter Zunge.

Geschmacklos! dachte ich erneut, und auch Roberto empfand es als etwas unpassend, so geknutscht zu werden, da wir einander noch nicht einmal vorgestellt worden waren. Er machte ein genervtes Gesicht, um sich Sekunden später sofort wieder zu fassen und mir sein schönstes Lächeln zu schenken. Er nahm mich innig in seine Arme und küßte mich links und rechts auf die Wange, als würden wir uns seit Jahren kennen, und ebenso lange nicht wiedergesehen haben. Diese Umarmung verwirrte mich, und ich weiß nicht einmal warum. Er hielt mich ein klein wenig zu lange in seinen Armen, und ich vergaß, ihn abzuwehren. Erst als ich Miriams Gesicht sah, stieß ich ihn weg und schimpfte mit ihm: »He, begrüßt man so seine ältere Schwester? Wo ist denn der Respekt geblieben? Ist er immer so stürmisch, Miriam?«

»Leider nicht, manchmal kommt es mir vor, als wären wir ein altes Ehepaar.«

Das hätte sie nicht sagen dürfen, und sie merkte es augenblicklich. Er starrte wütend zu Boden, sagte kein Wort, und sie lachte laut auf und behauptete, daß sie es nur zum Spaß gesagt hätte. Da schaute mich Roberto an, blickte mir tief und lang in die Augen, und in diesem Blick glaubte ich eine unendliche Traurigkeit zu entdecken. Aber nicht nur das erblickte ich in seinen dunkelbraunen Augen. Etwas Unergründliches, das mich erschaudern ließ, war darin verborgen. Wären wir nicht Bruder und Schwester gewesen, ich hätte dort gelesen: *Ja, wenn ich dich ansehe, Lara, komme ich mir mit Miriam vor wie ein altes Ehepaar.* Ach, Quatsch, ich hatte wieder mal eine blühende Phantasie, ich war verrückt. Ernüchtert schaute ich weg und realisierte, daß mir Roberto seine Miriam immer noch nicht vorgestellt hatte. Oh, wie unwichtig empfand ich in diesem Moment Miriam, wie sehr mußte ich über meinen Schatten springen, als ich heuchelte: »Also, Roberto, erzähl mir jetzt endlich etwas über Miriam, wer ist sie, was tut sie, wo habt ihr euch kennengelernt, wann wollt ihr heiraten?«

Kaum hatte ich dieses Wort ausgesprochen, da verkrampfte sich mein Herz. Ein Gefühl ergriff mich, wie ich es am Nachmittag befürchtet hatte: Der Besitzanspruch einer Henne, einer Mutter, die ihren Sohn an eine junge Frau verliert.

Erst viel, viel später wurde ich gewahr, was der Schmerz in meiner Brust an diesem Abend genau zu bedeuten hatte. Roberto kam gar nicht zu Wort, denn Miriam antwortete verbittert: »Wir wollen uns erst einmal verloben, keine Angst!«

Wieso sagte sie ‚keine Angst‘? Als ob ich mich vor ihrer Heirat zu fürchten hätte? Warum? Diese Frau war nicht ganz dicht.

»Miriam meint damit, daß wir eigentlich noch gar nicht so weit sind, uns über eine Heirat Gedanken zu machen, aber ihre Familie tut so bockig und besteht darauf, daß wir unsere Verbindung legalisieren. So hast du es mir auf jede Fall gesagt, nicht wahr, Miriam?«

Schon wieder dieser Unterton, als würde er ihr diese Ausrede nicht recht glauben. Mein Gott, in was für eine Hölle war ich da eingetaucht. Mir wurde immer unbehaglicher zumute. Zur Ablenkung und um die aggressive Situation etwas zu entschärfen, schimpfte ich mit den beiden, weil sie mich bekocht hatten, obwohl wir nur von einem Apéro-Treff gesprochen hatten. Erst als Miriam in der Küche verschwand und sie uns quasi durch die Wand zurief, am Eßtisch Platz zu nehmen, fühlte ich mich wohler. Roberto führte mich an die linke Seite des Tisches, zog mir galant den Stuhl zurecht und rückte diesen wieder nahe an den Tisch, ohne mich an der Tischplatte einzuengen. Er setzte sich neben mich, nahm die Weinflasche, die er vermutlich schon einige Zeit vorher geöffnet haben mußte – also war er doch ein Weinkenner – und goß mir ein.

»Darf ich dir den Wein zum Probieren einschenken? Nach der Flasche zu schließen, die du mir mitgebracht hast, mußt du dich auskennen.«

Eigentlich hatte ich die Flasche Wein für sie beide mitgebracht, aber seit Miriam in der Küche hantierte, hatte er ausschließlich über sich oder uns beide gesprochen. Irgend etwas stimmte bei den beiden nicht, aber ich konnte es nicht herausfinden, was es war. Ich probierte den Wein und befand, daß er leicht und fruchtig war. Er schmeckte mir. Plötzlich kam Miriam mit einer Terrine an den Tisch und röhrte: »Robertos berühmte Spargelcremesuppe mit Armagnac.«

Ungeschickt servierte sie die Suppe, setzte sich mir gegenüber an den Tisch und wünschte uns unbeschwert einen guten Appetit. »Mahlzeit, ihr hübschen Geschwister, und auf unsere Verlobung, mein schöner Latin Lover«, trällerte sie.

Und wieder entstand dieser genervte Gesichtsausdruck auf Robertos Antlitz. Schweigsam und peinlich berührt löffelten wir unsere Suppe, denn auch Miriam hatte gemerkt, daß sie Roberto mit ihrer Art heute abend auf die Nerven ging. Ich rückte etwas näher an den Tisch heran und berührte dabei ungewollt Robertos Knie. Schlagartig durchzuckte mich ein heißer Blitz, der bis in mein Rückenmark drang. Da geschah etwas, was mir ganz selten passiert. Ich spürte, wie mein Gesicht rot wurde, und während ich all das über mich ergehen ließ, merkte ich, daß ich mich für den sanften Rempler bei Roberto hätte entschuldigen müssen. Aber jetzt war es zu spät. Um zu schauen, ob er überhaupt etwas gemerkt hatte, griff ich über den Tisch zum Brotkorb und konnte ihm so ungestört und vor allem unauffällig ins Gesicht schauen. Warum saß er überhaupt neben mir und nicht vis-à-vis? Er wollte mir das Körbchen mit dem frischen Brot in Reichweite rücken, da berührten sich unsere Hände, da wir beide die gleiche Bewegung machten. Wieder elektrisierte mich diese Berührung, und ich sah deutlich, daß die selbe Wirkung auch bei Roberto eingetreten war. Ich war sehr verlegen und verwirrt und begriff die Welt nicht mehr. Ich befürchtete, daß Miriam unsere merkwürdige und deplazierte Reaktion bemerkt haben könnte und schaute ganz verlegen und zaghaft zu ihr hinüber. Glücklicherweise löffelte sie geräuschvoll und konzentriert ihre Suppe und führte den Kopf zum Löffel statt den Löffel zum Mund. So hatte sie nichts gesehen. Erleichtert schaute ich zu Roberto, der verschmitzt lächelte. Schlitzohr! dachte ich mir. Im Handumdrehen hätte dieses Vorkommnis einen heftigen Ehekrach auslösen können, aber der Typ lachte.

Wer hätte mir erklären können, was an diesem Abend zwischen meinem Bruder und mir ablief? Zuerst interpretierte ich die Aversion gegen Miriam als mütterliche Eifersucht. Okay, oder aber es war die Verwandtschaft mit ihm, ich war die beschützende große Schwester, die wie eine Mutter reagierte und nur das Beste für ihren Sohn wünschte. Aber diese merkwürdigen Situationen beunruhigten mich. Natürlich war Roberto ein hübscher junger Mann, und natürlich reagierte ich auf hübsche junge Männer extrem sinnlich. Aber er war mein Bruder, zudem mehr als zwanzig Jahre jünger.

Der Rest des Abends verlief gespannt. Alle drei fühlten wir uns unwohl, und als Miriam mein Angebot, den Abwasch zu übernehmen, abschlug, verabschiedete ich mich früher, als der Anstand es erlaubt hätte. Als mich Roberto zum Abschied in die Arme nehmen wollte, stieß ich ihn von mir weg und gab den beiden nur höflich die Hand.

Am nächsten Tag war ich froh, mich in die Arbeit vertiefen zu können und an nichts anderes denken zu müssen. Aber meine Freude wurde jäh unterbrochen, als der erste Anruf eintraf. Es war Roberto!

»Hallo Lara, sorry, wenn ich dich schon wieder im Büro störe, ich weiß, du hast es nicht gern, wenn man dich dort anruft. Ich konnte einfach nicht bis zum Abend warten. Was war mit uns los gestern abend? Kannst du mir das erklären?«

»Ich weiß nicht, wovon du sprichst, Roberto.«

»Komm schon, du weißt genau, was ich meine, Lara. Uns hat buchstäblich der Blitz getroffen, als wir uns berührt haben. Sag nicht, du hättest es nicht auch so empfunden. Als du unabsichtlich mein Knie berührt hast, dachte ich zuerst, du hättest einen Nerv getroffen, der bei mir diese Reaktion ausgelöst hätte. Als unsere Hände sich aber berührten, wußte ich, daß es etwas anderes sein mußte. Sag mir, Lara, was war das, so etwas habe ich noch nie erlebt, und es beunruhigt mich noch immer.«

»Keine Sorge, Roberto, das war die angespannte Situation gestern abend. Sicher hast du bemerkt, daß mich Miriam nicht sehr mag, und wenn ich ehrlich sein will, bin ich nicht sehr begeistert von ihr, tut mir leid.«

»Ist nicht so schlimm, Schwesterchen, ich kann dich gut verstehen, ich habe momentan auch Schwierigkeiten mit ihr. Aber das beantwortet meine Frage nicht.«

»Doch, tut es, durch die angespannte, intensive Situation waren unsere Nerven blank, und alle wären einer Explosion nahe gewesen, wäre es zu Meinungsverschiedenheiten gekommen. Ich glaube, auch wenn ich Miriams Knie berührt hätte, würde es mich ebenso elektrisiert haben.«

Uuups, jetzt war es raus, das hätte ich ihm nicht sagen sollen! Bis jetzt vermutete Roberto nur, daß unsere Berührungen bei mir dasselbe ausgelöst hatte wie bei ihm. Aber ich blöde Kuh mußte es ihm unter die Nase binden.

»Siehst du, bei dir hat es auch die gleiche Wirkung gehabt wie bei mir, Lara. Wußte ich es doch.«

Ich mußte Robert möglichst rasch loswerden, täuschte eine dringliche Sitzung vor und bat ihn, mich zu entschuldigen, wir würden ein anderes Mal darüber sprechen.

»Aber ich kann nicht so lange warten, Lara«, jammerte er. »Ich muß darüber sprechen, sonst werd' ich verrückt, bitte.«

»Ach, jetzt übertreib aber nicht, Brüderchen«, sagte ich absichtlich, um zu zeigen, wo zwischen uns die Grenzen lagen. »Ich muß jetzt wirklich Schluß machen, tut mir leid, mach's gut, ich hab' dich lieb, schönen Tag, und ich rufe dich an, okay?«

Und bevor er Gelegenheit hatte, etwas einzuwenden, legte ich den Hörer rasch auf, schaltete mein Telefon aus und sagte meiner Sekretärin, ich möchte nicht mehr gestört werden.

Einmal mehr hatte ich Schwierigkeiten, mich auf meine Arbeit zu konzentrieren. Trotzdem versuchte ich, produktiv zu sein, was mir nur schwer gelang. Immer wieder mußte ich an meinen Bruder denken, an unseren Vater, an dessen stämmigen, muskulösen Körper, der mich immer wieder, Nacht für Nacht, unter sich begraben hatte, um mich aufs Schändlichste zu mißbrauchen.

Um fünf hatte ich genug, nichts war mir an diesem Tag gelungen, ich räumte meinen Arbeitsplatz und machte mich auf den Heimweg. Ich hatte den Wagen heute nicht dabei, da ich keine auswärtigen Aufträge hatte, und so zwang ich mich jeweils, wenigstens diese zwanzig Minuten Arbeitsweg zu Fuß zu gehen. Spazierengehen – das war wirklich nicht mein Ding. Aber am Morgen, wenn ich viel gefrühstückt hatte, fühlte ich mich so voll, daß ich ganz gern zu Fuß ins Büro ging. Eine kalte Brise durchfuhr mich bis auf die Knochen, wehte mein blondes, seidenes Haar nach hinten, und schon hatte ich Tränen in den Augen. Kaltes Wetter trieb mir immer gleich die Tränen in die Augen, das war ziemlich unangenehm. Ich hatte auch deshalb mit dem Snowboarden aufgehört, denn trotz Skibrille hatte ich beim Fahren vom Zugwind immer nasse Augen, was bei der winterlichen Kälte jedes Mal schmerzte. Ich dachte gerade an meine letzten Skiferien in Zermatt, als eine Stimme mich fragte: »Bist du traurig, Lara?«

Es war Roberto, der sich von hinten angeschlichen hatte und wohl bemerkt haben mußte, daß ich mir immer wieder die Augen trockenrieb.

»Was um Himmels willen machst du denn da, Roberto?« fragte ich enerviert.

»Ich mußte dich heute noch sehen, aber du wolltest dich nicht stören lassen, ich konnte dich den ganzen Tag lang nicht erreichen.«

Komisch, daß Claudine mir nicht ausgerichtet hatte, daß er mehrmals angerufen hatte. Diese Frau hatte einen Riecher für brisante Situationen und reagierte immer mit einem solchen Feingefühl, daß ich manchmal den Eindruck hatte, sie könne Gedanken lesen. Natürlich hätte ich mich fürchterlich aufgeregt, wenn ich gewußt hätte, daß er etwa sieben Mal angerufen hatte.

»Ich hab' jetzt keine Zeit, Roberto, tut mir leid, ein andermal vielleicht.« Ich war kurz stehengeblieben, warf ihm diese Worte kaltschnäuzig an den Kopf, drehte mich um und eilte davon.

Er aber hastete mir nach, hielt mich an der Hand zurück und drehte mich etwas zu heftig wieder zu sich um. Beinahe wäre ich gestürzt, aber schlimmer noch war meine erneute Reaktion, als er meine Hand erfaßte, die er übrigens immer noch in seiner hielt. Es durchfuhr meinen ganzen Körper wie ein Stromschlag. Ich spürte die Hitze bis in mein Gesicht steigen und wußte sofort, daß Roberto es bemerken würde, da ich einen hochroten Kopf haben mußte.

»Spürst du es jetzt auch, Lara? Sag es bitte ehrlich, ich sehe dir an, daß dir das Gleiche widerfährt wie mir. Du zitterst ja.«

»Kein Wunder, daß ich zittere, du pöbelst mich mitten auf der Straße überfallmäßig an, reißt mich am Arm herum, und ich soll darauf nicht erschrocken reagieren?«

»Du siehst nicht erschrocken aus, Lara, du hast wunderbare rosa Bäckchen, und deine Augen sind zwei Töne dunkler geworden und glänzen eigenartig.«

»Meine Augen werden immer dunkel, wenn ich wütend bin. Also, Roberto, was willst du von mir, ich habe keine Zeit.«

»Ich weiß, daß du nichts vorhast, sonst hättest du dein Auto dabei. Komm, wir gehen zusammen etwas trinken, Lara, bitte.«

Es hätte keinen Sinn gehabt, ihn anzulügen, er wäre imstande gewesen, vor meinem Haus zu warten und zu kontrollieren, ob ich wirklich wieder weg mußte. Hätte er meine Lüge entdeckt, würde er womöglich den ganzen Abend an meiner Haustür klingeln. Lieber wollte ich ihn hier auf der Stelle abservieren und ging mit ihm in mein Stammcafé, gleich um die Ecke.

Verschmitzt schaute mich die Bedienung an, die mich noch nie in Begleitung eines Mannes gesehen hatte. Diesen stillen Ort liebte ich, wenn ich allein sein wollte und doch nicht zu Hause sitzen mochte.

Ihre wohlwollenden Blicke auf Roberto bestätigten mir, daß nicht nur ich fand, er sähe fabelhaft aus, weil er mein Bruder war, sondern daß dieser Bursche unheimlich auf Frauen wirken mußte. Monique kam mit ihrem Notizblock an unseren Tisch, stellte sich nach meinem Geschmack etwas zu nahe an Robertos Stuhl und fragte, was wir essen möchten. Nein, so lange wollte ich nicht mit Roberto zusammen sein, und bevor dieser Zeit hatte, etwas zu bestellen, sagte ich rasch: »Nur was trinken, Monique, nur was trinken wollen wir. Dies ist übrigens mein Bruder Roberto.«

Wieso hatte ich das gesagt? Wieso konnte ich es nicht einfach genießen, daß mich diese viel jüngere, gut aussehende Frau um einen so tollen Typen beneidete? Ich war schon blöd, dachte ich im Nachhinein.

»Roberto? Hmmmmmm, toller Bruder, ja, ja ...«, antwortete sie nur, und zufrieden stellte ich fest, daß sie mir nicht glaubte. Ich mußte lachen und Roberto auch. Er hatte scheinbar alles begriffen.

Dennoch war ich wütend auf ihn. Daß er mich mit einer solchen Vehemenz verfolgte und mich nur einen Tag, nachdem wir uns bei ihm getroffen hatten, schon wieder kontaktierte, fand ich anmaßend. Ich war aufgebracht über diese Besessenheit, aber gleichzeitig fühlte ich mich geschmeichelt. Wir sprachen nicht miteinander, Monique war am Tisch nebenan und nahm eine Bestellung auf. Beide waren wir uns sicher, daß sie jedes Wort verstehen könnte, wenn wir uns jetzt unterhalten würden. Roberto war diskret genug zu schweigen und sah mich mit seinen großen dunklen Augen nur bewundernd an. Ich war unsicher und verlegen und fragte mich, warum dieser Jüngling eine solche Wirkung auf mich hatte. Die Atmosphäre zwischen uns war libidogeschwängert und knisterte buchstäblich. Ich durfte Roberto nicht in die Augen schauen, um mich nicht zu verraten. Meine Handflächen wurden feucht, mein Mund trocken. Unerwartet legte Roberto seine Hand auf die meine, beugte sich nach vorn und wollte etwas sagen. Meine Reaktion – ich riß reflexartig meine Hand aus der seinen – erstaunte ihn, und er entschuldigte sich wie ein kleiner ungezogener Bub.

»Lara, ich kann seit unserem ersten Treffen an nichts anderes mehr denken als an dich, ich werde noch verrückt. Miriam hat auch schon bemerkt, daß etwas mit mir nicht in Ordnung ist.«

»Was sollte nicht in Ordnung sein, Roberto? Du hast nach Jahren deine Schwester gefunden, und das macht dich stutzig und bringt dein Leben ein wenig durcheinander, das ist normal. Du darfst das nicht überbewerten, du wirst dich schon an meine Existenz gewöhnen.«

»Nein, das ist es nicht, Lara, ich verspüre eine große Zuneigung zu dir und sehne mich nach dir, wenn du nicht in meiner Nähe bist.«

»Hör zu, kleiner Bruder«, sagte ich mit einer absichtlich mütterlichen Stimme, »dir hat jahrelang eine Mutter gefehlt, eine große Schwester hätte dir viel bringen können, und jetzt hast du eine Art Nachholbedarf, das ist natürlich.«

Was machte ich ihm und vor allem mir selber mit diesen Worten vor? Ich wußte doch ganz genau, von welchen Gefühlen er sprach. Aber auf gar keinen Fall durfte ich mir anmerken lassen, daß es mir genauso erging wie ihm. Ich war die ältere, erwachsenere von uns beiden, ich mußte wieder Ordnung und Ruhe in seine Gefühle bringen.

»Wir machen es so, Roberto: Wir lassen uns ein wenig Zeit, mit unseren Gedanken wieder ins Reine zu kommen und wollen uns über diese Begegnung nur freuen und sonst gar nichts. Denk nicht so oft daran, und vor allem, überfall mich nie mehr einfach so unangemeldet im Büro oder auf meinem Heimweg. Das mag ich gar nicht, weißt du.«

»Ja, ich weiß, es tut mir leid, aber ich mußte dich sehen. Ich mußte wissen, ob ich mir da etwas eingebildet habe und ob dieses ungewohnte Gefühl wieder in mir hochkommen würde, wenn ich dich wiedersehe. Aber es wird jedes Mal schlimmer. Heute sehe ich dich zum dritten Mal, aber es zieht mir das Herz zusammen, wenn ich dich nachher wieder gehen lassen muß. So etwas spüre ich bei Miriam nie.«

»Das ist etwas anderes, Roberto, sei nicht beunruhigt. Du hast eine Schwester gefunden, die du nie gekannt hast, ja, von der du nicht einmal wußtest, daß es sie gibt. Da rührten sich in den Gefühlen logischerweise neue Aspekte. Du darfst diese nur nicht falsch interpretieren. Komm, trink jetzt deinen Kaffee und laß uns wieder gehen. Ich werde dich demnächst anrufen, und dann werden wir uns treffen. Aber laß uns

Zeit, mit der Angelegenheit ins Klare zu kommen. Kümmere dich um Miriam und um eure Verlobung, und denk nicht mehr an mich.«

»Das kann ich nicht«, schmollte er und steckte seine Nase in die Kaffeetasse.

Ich rief Monique zum Zahlen herbei und kramte in meiner Brieftasche nach Kleingeld.

»Laß mich zahlen, Lara.«

»Wollt ihr wirklich schon gehen, ihr zwei?« schmunzelte die Bedienung. »Kann ich ja gut verstehen, Lara, was wollt ihr hier schon eure Zeit verlieren, wenn ...«

»Monique, ich bitte dich!«

Diese Frau brachte mich noch zur Weißglut, aber Roberto schien durchaus ihrer Meinung zu sein. Er half mir in die Lederjacke, touchierte dabei meine Schulter, und wieder überkam mich diese Hitze und Sehnsucht, und am liebsten hätte ich mich rückwärts in seine Arme fallen lassen.

Als wir endlich draußen an der frischen Luft waren, atmete ich auf. Die dicke, ungesunde Luft zwischen uns wurde durch die kühle Herbstbrise durchflutet und erlaubte es mir, mich wieder zu fassen. Ich wollte mich gleich von Roberto verabschieden, aber er blockte ab: »Ich begleite dich, Lara, ich laß dich nicht alleine nach Hause gehen, die Gegend hier ist ja nicht gerade vertraueneinflößend.«

»Na, was glaubst du, wie ich es sonst mache, wenn ich keinen Begleiter habe?«

»Heute hast du einen Begleiter, und ich bringe dich zu deiner Wohnung.« Spontan und kumpelhaft legte er seinen Arm um meine Schulter und zwängte mich Richtung Seepromenade.

»Ich nehme immer die Abkürzung durch den Park«, sagte ich leicht irritiert. Seinen Arm durfte ich nicht abschütteln, denn da hätte er definitiv gemerkt, daß ich genau so obszön auf meinen Bruder reagierte wie er auf seine Schwester. In Gedanken verloren und schweigsam schritten wir durch den Park.

»Darf ich dich etwas fragen, Lara?« sagte er plötzlich in die Ruhe des Abends.

»Nein!« antwortete ich bestimmt.

»Aber wieso nicht, was ist denn?« fragte er und blieb stehen.

»Komm, laß uns gehen, mir ist kalt.«

Während er rasch seine dicke Jacke auszog und sie mir über die Schultern stülpte, meinte er: »Ich wollte nur wissen, was du von Miriam hältst?«

»Hm ...«, schnaubte ich nur.

Er hob die Augenbrauen, hielt mich zurück, legte seine beiden Hände auf meine Schultern, und bevor ich realisierte, was passierte, zog er mich kraftvoll, aber sanft an seinen Oberkörper, hielt mich fest und legte seine vollen Lippen auf meinen Mund. Ich konnte gar nicht reagieren, die Situation war zu schön, als daß ich sie mir hätte entgehen lassen können. Mir wurde schwindelig, ich schloß die Augen, und als seine Zunge sanft zwischen meine Lippen drang, seufzte ich leise. Als er merkte, daß ich mich nicht wehrte, wurde sein Kuß fordernder und sein Mund heißer. Seine Arme in meinem Rücken drückten mich fester an seine Brust, und sein Knie zwängte sich unmerklich zwischen meine Beine. Ich spürte sofort, daß er eine Erektion hatte, und dies brachte mich wieder zur Besinnung.

»Nein!« schrie ich laut und stieß ihn von mir weg. »Du bist mein Bruder, Roberto, hast du das vielleicht vergessen?«

Er schaute mich mit einer unendlichen Traurigkeit und Sinnlichkeit an, so daß ich es nicht übers Herz brachte, ihn erneut wegzustoßen, als er mich abermals in die Arme nahm und mich sanft küßte. Er war zärtlich und bestimmend zugleich. Er hielt mich in seinen Armen gefangen, und ich ließ es geschehen. Er löste seine Umarmung eine Sekunde lang, nur um die Möglichkeit zu haben, mir mit seiner linken Hand sachte über meine Brüste zu streicheln. Als er merkte, daß ich seine Berührung ignorierte, langte er fester zu und massierte meine rechte Brust. Als er mit derselben Hand in mein Dekolleté greifen wollte, erwachte ich aus diesem Tagtraum und hielt ihn zurück. »Bitte, Roberto, laß uns aufhören. Nie hätte so etwas zwischen uns passieren dürfen, hörst du? Ich bin genau so schuld wie du, ich hätte es verhindern sollen, es tut mir aufrichtig leid.«

»Nein, Lara, ich bin schuld, ich muß mich entschuldigen. Wie konnte ich so etwas tun! Ich war vom ersten Tag an von dir angezogen, aber ich dachte, es wären brüderliche Gefühle. Bis ich nachts von dir zu träumen anfing, und dies waren keine unschuldigen Träume. Bis ich Miriam nicht mehr ausstehen konnte, nicht mehr mit ihr schlafen konnte. Da wußte ich, daß ich andere Gefühle für dich empfand. Und heute abend ist es jetzt passiert. Es tut mir so leid. Meine Leidenschaft ist mit mir durchgebrannt. Entschuldige bitte, Lara.«

»Natürlich, Roberto, mach kein Theater daraus, wir vergessen es einfach und schauen, daß so etwas nie mehr passiert. Okay?«

Er atmete erleichtert auf und wollte mich dankbar in die Arme nehmen, aber ich hielt ihn auf Distanz. Wir lachten beide und hatten uns verstanden.

*

Schon am nächsten Tag fehlte er mir. Wie konnte ich es anstellen, nicht Tag und Nacht an diesen jungen hübschen Mann mit den glühenden Augen und den geschmeidigen Händen zu denken. Ich mußte mich ablenken lassen. Ralf und Martin konnten da helfen, und ich schrieb Ralf eine SMS mit der Bitte, mich zurückzurufen. Zwei Tage lang las er meine Message nicht, dies konnte ich ja auf meinem Display feststellen. Sie sind nie da, diese Kerle, wenn man sie braucht! dachte ich mir. Als Ralf sich endlich meldete, hatte ich irgendwie keinen Bock mehr auf ihn und erklärte, ich hätte mich nur erkundigen wollen, ob er noch lebt.

Lange, unruhige, und traurige Tage vergingen, ohne daß ich Roberto vergessen konnte. Er versuchte drei-, viermal anzurufen, aber ich nahm nicht ab. Wir litten offenbar beide und mußten miteinander sprechen. Aber ich hatte den Mut nicht, Roberto erneut zu treffen. Zu groß war die Angst, mich in seinen Armen zu verlieren. Nur die Zeit konnte diese komischen Gefühle heilen oder zumindest lindern. Und tatsächlich, durch unendlich viel Arbeit und Streß konnte ich mich ablenken, und das Leben wurde wieder einigermaßen normal. Ich freute mich auf meine Tageszeitung, die ich die letzten Tage wegen Arbeitsüberlastung vernachlässigt hatte, und die mich samstags stundenlang unterhalten konnte. Morgen war wieder ein solcher Samstag, und ich freute mich schon auf meine Lieblingsrubrik *Freizeit-Treffs*.

Nach einer heißen Dusche, einer leichten Mahlzeit und einer Stunde Schlaf vor dem Fernseher schleifte ich mich schachmatt bis zu meinem Bett, wo ich gleich ein- und bis zum Morgen traumlos durchschlief.

Das Motorrad des Zeitungsausträgers weckte mich um sechs, und ich fühlte mich relativ munter, erholt und ausgeschlafen. Ich setzte mich auf, richtete mit den Fingerspitzen kurz meinen Blondschopf, zog meinen Jogginganzug an und begab mich zum Briefkasten. Ich konnte es kaum erwarten, meine spannende Morgenzeitung von der ersten bis zur letzten Seite durchzuschmökern, was ich unter der Woche so intensiv leider nie konnte. Da mußte ich mich mit den Headlines und mit den abendlichen Tagesschauen der diversen Fernsehstationen begnügen.

Nanu, warum war mein Briefkasten nicht ganz geschlossen? Ein Papier lugte hervor und drin steckte, eingeklemmt, ein Blumenstrauß. Ich griff zur beigelegten kleinen Karte, eingepackt in Zellophanpapier und zerriß den Umschlag ungeduldig. Drin stand nur: *Ich kann nicht mehr leben ohne dich! Roberto.*

Na bravo, dachte ich mir, was mache ich jetzt? Mir kamen die Tränen, denn auch ich hatte ein Gefühl der irrsinnigen Leere, seit ich die Treffen mit meinem Bruder mied. Ich packte den Strauß unter den Arm, öffnete den Briefkasten und entnahm ihm meine Zeitung. Langsam, aufgewühlt und niedergeschlagen zugleich schritt ich die Treppe zu meiner Wohnung hinauf, öffnete die Papierhülle des Blumenstraußes und begann zu zählen. Es waren dreizehn kleine rote Rosen! Wie kam Roberto auf dreizehn, was konnte das bedeuten? In meiner Küche steckte ich sie in meine schönste Blumenvase und wußte, irgendwie würde ich mich dafür bedanken müssen. Ich griff zum Telefon und wählte Robertos Nummer. Wie oft hatte ich zum Hörer gegriffen und wollte ihn anrufen, hielt mich aber im letzten Moment zurück. Jetzt durfte ich anrufen, heute hatte ich einen plausiblen Grund, dies zu tun. Aber ich legte gleich wieder auf. Nein, ich konnte es nicht. Bestimmt würde ich nicht widerstehen können, wenn er mich bat, sich mit mir zu treffen. Und doch mußte ich ihm meine Dankbarkeit und meine Freude über die wunderschönen Rosen mitteilen. Ich griff erneut zum Hörer, und wiederum wählte ich seine Nummer.

»Bauer!« ertönte es auf der anderen Seite. In meinen Gedanken verloren, erschrak ich so fürchterlich, daß ich den Hörer rasch wieder auf den Apparat legte, als hätte ich mich daran verbrannt. Unmittelbar danach klingelte es, und ich wußte, Roberto hatte meine Absicht erraten und rief zurück. Ich nahm nicht ab und zitterte am ganzen Leib. Kaum zu glauben, daß ich mich in meinem Alter so durcheinanderbringen ließ. Wie war das nur gekommen? Ich stellte die Blumen auf den Eßtisch, nahm meine Zeitung, und als wäre nichts geschehen, zischte ich damit zurück unter meine warme Bettdecke. Das Telefon schrillte wieder … Himmel nochmal … Ich zog den Stecker heraus. Genervt und den Tränen nahe öffnete ich Seite 27 meiner Zeitung und suchte bei den Annoncen gleich die Rubrik *Zusammen genießen.* Das war die unseriöse, die unanständige Rubrik der Kontaktanzeigen, und genau das brauchte ich jetzt. Wie das in so Augenblicken meistens der Fall ist, befanden sich heute natürlich nur überzogene und unbrauchbare Angebote auf dieser Seite. Aus reiner Neugier, und um mich abzulenken, las ich auch die anderen Kategorien. Es gab viele verschiedene Bereiche zur Auswahl wie: *Zusammen flanieren, Zusammen kochen, Zusammen Sport treiben, Zusammen in die Ferien,* und vieles mehr. Rein zufällig las ich unter der Rubrik *Zusammenbleiben* folgende Annonce: *Kennst du Spanking? Möchtest du diese Art des aufregenden Vorspiels der Erotik mit mir genießen? Dann melde dich unter der Telefonnummer …*

Und wie ich Spanking kannte! Diese aufregende Art des Vorspiels, wie er schrieb, bestand einzig, und eigentlich simpel, aber unter Umständen unheimlich spannend, darin, daß der dominantere der beiden Partner (für mich war das selbstverständlich der Mann) den anderen übers Knie legte und ihm je nach Belieben sanft oder eben weniger sanft den Arsch versohlte. Ja, das war Spanking! So konnte dieser Wüstling auf mehr oder weniger diskrete Art seine Perversion in dieser relativ seriösen Zeitung preisgeben. Augenblicklich speicherte ich seine Nummer unter dem Namen ‚Spanking', und schrieb ihm ein SMS: *»Ja, ich kenne und liebe Spanking. Schade, daß mir der Mann um die ausführende Hand herum meist nicht so paßt. Herzliche Grüße, Lara.«*

Es dauerte unendlich lange, bis er reagierte, ich hatte meine ganze Zeitung verschlungen, war aufgestanden und hatte geduscht. Roberto hatte ich für den Augenblick aus meinem Gehirn verdrängt und war gespannt auf das Echo, das ich auf meine SMS kriegen würde. Ich hatte mich warm angezogen und machte mich wie jeden Samstag auf den Weg zu meinem Bäcker, um mir frische Gipfel, dunkles Brot, Semmeln und andere Leckereien für mein Brunch zu kaufen. Auf halben Weg klingelte mein Handy. Rasch kontrollierte ich, ob es Roberto war, aber als ich auf dem Display *‚Spanking'* erblickte, klopfte mein Herz eine Oktave höher. Ich atmete zweimal tief durch, und seelenruhig hauchte ich ein sinnliches »Jaaa« in mein kleines Nokia.

»Hier spricht Kevin«, sagte eine angenehm klingende Stimme.

»Sollte ich dich vielleicht kennen, Kevin?« fragte ich unschuldig.

»Ja, das solltest du unbedingt«, spaßte er weiter.

»Könnte es sein, daß ich dir eine SMS gesendet habe?« spielte ich das Spiel weiter.

»Genau, hast du, du ungezogene Frau, du. Glaubst du, es gehört sich für eine Dame, auf solche Annoncen zu antworten und solche obszönen Worte wie

Spanking zu kennen?« fragte er mit tiefer, strenger Stimme.

Ich mußte herzhaft lachen und freute mich über seinen Humor. Männer konnten fast alles Negative an sich haben, aber wenn sie keinen Humor hatten, fand ich sie selten erotisch. Dieser hier, Kevin, klang nicht nur lustig und geistreich, er war auch intelligent. Er erklärte mir nach einem humorvollen Wortwechsel, was beim Po-Versohlen sonst noch alles passierte außer Erregung, Aufregung, gesunder Hautdurchblutung, erhöhtem und gesundem Puls, Beckendurchblutung bei eventuellen Rückenschmerzen und so weiter, daß ich den Eindruck gewann, er wäre Arzt. Als er sich gleich mit mir für den heutigen Samstagabend verabreden wollte, kniff ich und log ihm etwas von einer viertägigen Reise vor. Ich würde mich melden, wenn ich zurück wäre. Wir verabschiedeten uns immer noch herzlich lachend, und ich hatte jetzt einen anderen Grund zum Grübeln, als immer nur an Roberto zu denken.

Ab sofort hatten Kevin und ich regen, erotischen SMS-Kontakt. Seine frivolen und meist sehr erregenden Sätze verleiteten mich immer wieder dazu, nach diesen aufregenden Kontakten öfters zu onanieren. Da merkte ich, daß ich vor lauter Streß im Büro, vor Sorgen wegen Roberto, und weil ich abends meist zu erschöpft war, diese entspannende und sehr angenehme Tätigkeit vernachlässigt hatte.

Nach vier Tagen, angeblich war ich da zurück von meiner Geschäftsreise, schrieb ich Kevin, daß ich ihn sehen wollte. Er rief sofort zurück, und wir verabredeten uns für den kommenden Samstagabend. Ich hatte ihn zu mir nach Hause eingeladen. Kaum hatte ich das Gespräch beendet, wurde es feucht in meinem Höschen. Ich beschleunigte meine Schritte und rannte buchstäblich die Treppen zu meiner Wohnung hinauf. Dort warf ich meine Schuhe in eine Ecke, riß mir wie eine Verrückte die Kleider vom Leib und begab mich direkt in mein breites Orgasmodrom, sprich Bett. Keine zehn Minuten später brüllte ich meine Geilheit und meinen Orgasmus aus vollem Hals heraus, daß ich vermutlich alle Nachbarn in der näheren Umgebung alarmiert haben mußte.

Kaum war ich befriedigt und beruhigt, passierte das ewig Gleiche: Ich fragte mich, aus welchem Grund ich überhaupt Männerkontakt brauchte, wenn ich es mir so schön selber machen konnte. Kein Beziehungsstreß, keine AIDS-Gefahr, keine Sauerei im Bett, obwohl, heute hatte ich mir die Zeit nicht genommen, ein Badetuch mit ins Bett zu nehmen, und die silberne Schneckenspur glänzte in einer langen dünnen Bahn auf dem Laken. Augenblicklich wollte ich Kevin anrufen und unsere Verabredung abblasen. Was wollte ich diesen unbekannten Mann zu mir nach Hause einladen, wußte ich doch gar nicht, wie er aussah, wer er war und ob das gut werden würde mit unserem Date. Womöglich war er ein kleiner Knirps, der mir mit meinen eleganten einsachtundsiebzig kaum bis an die Schulter ging. Womöglich war er häßlich, schmutzig und stank. Alle Ausreden suchte ich, um diese dumme Verabredung rückgängig zu machen, als sich bei mir erneut ein Prickeln zwischen den Schenkeln bemerkbar machte. Ich lag auf dem Rükken, legte meine Hand nur ganz bewegungslos auf meine blonden Schamhaare und stellte mir vor, wie Kevin mir den Po versohlte. Ich rief ihn nicht an, und die Verabredung blieb bestehen. Zwei Tage dauerte es noch, bis ich Klarheit darüber haben würde, ob Kevin stank, schmutzig, häßlich oder klein war.

Am Samstag, kurz vor sieben, war ich so aufgeregt, daß ich alle zwei Minuten aufs Klo mußte. Zum einen, weil ich das Gefühl hatte, ich müßte vor Angst pinkeln, und zum anderen, weil ich immer wieder meine Nässe abtrocknen mußte. Dreimal zog ich ein frisches Höschen an, damit ich sauber und frisch war, wenn Kevin reinlangen würde. Wir hatten zwar vereinbart, daß wir uns heute abend nur beschnuppern würden, und nur abklären, ob ein zweites, etwas wilderes Date überhaupt in Frage kommen würde, aber ich wußte genau, wenn der Typ nicht allzu häßlich war, wenn er nur ein bißchen Charme hatte, was seine Stimme und sein Worte jedes Mal verrieten, so würde ich mir alles gefallen lassen, was er mit mir anstellen würde. Während ich diesen letzten Gedanken hegte und ich schon wieder klatschnaß zwischen meinen Beinen war, summte meine Türglocke. Ich fuhr zusammen und glaubte, in Ohnmacht zu fallen.

Ich raffte mich zusammen, warf einen letzten Blick in den Spiegel in meiner Diele und öffnete klopfenden Herzens die Eingangstür.

Ja, er war häßlich ... und kleiner als ich war er auch. Er trat sicheren Schrittes ein, lächelte mich mit überwältigend weißen Zähnen an, und sein Eau de Toilette warf mich um.

Wie Ralf vor ein paar Wochen, legte auch er seine beiden Hände auf meine Schultern, und ich schloß die Augen in Erwartung seines harten Kusses. Er machte es sehr spannend, denn er küßte mich nur freundschaftlich auf beide Wangen. Wir hatten noch kein Wort gesprochen. Ich stand immer noch erwartungsvoll und ergeben wie ein junges, scheues Mädchen vor ihm und wartete immer noch, daß er mehr Tatendrang zeigte. Er erriet meine Gedanken und sagte mit der mir sehr bekannten Stimme: »Du hast darauf bestanden, daß heute abend, an unserem ersten Abend, wie du betont hast, nichts passiert, oder?«

Schlitzohr! dachte ich lächelnd, aber innerlich kochend wandte ich mich von ihm ab, schämte mich ein wenig, daß er mich durchschaut hatte, und bat ihn einzutreten. Ich war fest entschlossen, auch wenn ich heute abend vor Geilheit verrecken würde, daß ich ihn nicht ranlassen würde. So ging man mit meinem Schamgefühl nicht um, er hatte mich bereits in der ersten Minute gedemütigt. Ich schritt vor ihm her, in Richtung Wohnzimmer, und bei der Größe meines Penthouses war das ein beträchtlicher Weg. Ich spürte buchstäblich seine Blicke auf meinem Po. Ich wußte, daß ich einen aufreizenden, erotischen Gang hatte. Das sagte man mir schon als junges Mädchen nach, und mit der enganliegenden weichen Nappalederhose, die ich mir übergezogen hatte, mußte der Anblick für ihn sehr lüstern sein. Geil schwang ich noch ein klein wenig mehr meine Hüften, um Kevin ja recht scharf zu machen. Ich freute mich schon auf meine Absage, wenn er dann später am Abend versuchen würde, mir näherzukommen. Wieder mußte ich vor Streitsucht und Schadenfreude schmunzeln. Selten hatte ich für einen praktisch unbekannten Menschen soviel Energie an Gefühlen verschwendet. Wir bogen um die Küche herum, kamen bei meiner großen vierteiligen Sitzgruppe an, als Kevin mich von hinten hart anfaßte und mich über die Lehne der Polstergruppe stieß. Er drückte meinen Oberkörper nach unten, erfaßte in Windeseile meine beiden Handgelenke, die er mir auf den Rücken fixierte, und schon bekam ich den ersten Schlag auf meinen allerwertesten Hintern. Ich war sprachlos, wütend und beeindruckt zugleich. Ich konnte nichts sagen, die Spucke blieb mir weg, als er zum zweiten Mal ausholte. Seine kräftige Hand klatschte so laut auf meinen Hosenboden, daß mir eine Träne und ein leiser Seufzer entwichen. Gleichzeitig dachte ich: Gott sei Dank, daß ich meine Lederhose, die mich schützt, anhabe. Der ist ja übergeschnappt!

»Na, ist es das, was du wolltest, schöne Frau?« Er ließ mich los, half mir, aus meiner ungemütlichen Position aufzustehen, drehte mich um, und diesmal küßte er mich hart auf den Mund.

Ich zerschmolz buchstäblich in seinen Armen und

sog gierig an seiner geilen Zunge. Ich war atemlos und japste nach Luft, als er meine Lippen endlich freigab und mich auslachte. »Was ist los, Mädchen? Hat es dir nicht gefallen?«

»Komm, ich brauche dringend etwas zu trinken und muß mit dir reden, Kevin. Du gehst da etwas zu schnell und vor allem zu hart mit mir um, mein Lieber. Ich habe Spaß an Spanking, das stimmt, aber ich möchte unter den Schlägen nicht gleich sterben, verstehst du?«

»Ach, du armes Mädchen, war ich zu streng zu dir? Tut mir leid, ich hatte bei unseren SMS den Eindruck gewonnen, daß du es gerne hart magst.«

»Dann hast du eben falsch vermutet. So, und jetzt laß uns etwas trinken. Magst du ein Glas Rotwein oder etwas Stärkeres?«

Er lachte nur und gab mir keine Antwort. Sein Blick allein genügte, um mich so zu verwirren, daß ich keinen klaren Gedanken fassen konnte. Ich stand auf und murmelte etwas von Wein holen, als er mich wiederum packte, mich herumwirbelte und ich, wie zufällig, auf seinem Schoß landete. Mein Kopf befand sich plötzlich direkt neben seinen sauber geputzten Schuhen auf dem Teppich, und die Beine lagen neben ihm auf der Couch. Ich protestierte, wand mich und zappelte herum, wollte mich aus dieser peinlichen Lage befreien, aber seine eine Hand hielt erneut meine Handgelenke, und wie in einen Schraubstock gequetscht, lag ich regungslos auf seinen Knien. Ich hörte ihn höhnisch lachen, als er begann, ganz sanft meine Arschbacken zu streicheln.

»Mmmm … feines Leder hast du da an, gefällt mir gut. Gefällt mir sehr gut, diese Lederkluft. Bist ein kleines scharfes Luder, stimmt's?«

Bevor ich antworten konnte, knallte er mir wieder eine über das straffe Leder meiner enganliegenden Hose, und wieder blieb mir die Puste weg.

»Nicht so stark, Kevin, bitte, du bist ja verrückt, wie du mit mir umgehst.«

»Und wart's ab, wenn dein Arsch erst nackt unter meiner Hand liegt«, keifte er, und abermals ließ er seine Hand fest auf meinen Po knallen.

Geschickt und sehr raffiniert drehte er mich auf seinem Schoß herum, drückte mich an seine Brust und küßte mich versöhnlich. Das gefiel mir hingegen schon viel besser, und ich erwiderte seinen Kuß mit einer Heftigkeit, die ich von mir gar nicht kannte. Na ja, Kevin hatte ja mal erwähnt, daß es für eine Frau kein wirksameres Vorspiel gäbe als Spanking …

Während er meine Lippen mit seinem umwerfenden Mund bearbeitete, merkte ich gar nicht, wie er heimtückisch meine kostbare Gaulthier-Lederhose geöffnet hatte. Als ich es bemerkte, hatte er mich mit einem gewieften Griff hochgehoben, und mit einem gezielten Griff zog er mir Hose und Tanga gleichzeitig herunter.

»Nicht so schnell, Bürschchen«, protestierte ich. Aber schon lag ich wieder bäuchlings über seinen Knien, und mein Gesicht schmiegte sich wieder unsanft auf den Teppich. Seine rechte Hand drückte meinen Rücken herunter, und seine linke lag ruhig auf meinen nackten Halbkugeln.

»So liebe ich die Frauen, Lara. Ergeben, gehorsam und devot mit nacktem Po auf meinem Schoß.«

Er hatte den Satz noch nicht beendet, da landete seine Linke kraftvoll auf meinem Hintern, und ich schrie vor Schreck auf.

»Oh, hat es etwa weh getan, Schätzchen? Aber was sehe ich da zwischen deinen Schamlippen hervorsikkern? Du läufst ja aus, Mädchen. Habe ich dich so erregt, daß dir der Saft nur so rausläuft?«

Er strich mit der vorher noch so harten Hand sanft zwischen meine Schenkel und tunkte sie in meinen Mösensaft. Diesen verteilte er überall zwischen meine Pobacken und verharrte auf meiner heißen Rosette. Ich ahnte schon, was er vorhatte und kniff die Arschbacken zusammen. Da haute er mir mit seiner naß gewordenen Hand klatschend eine über und befahl mir, mich zu entspannen und ihm mein süßes kleines Löchlein zu zeigen.

Es war schwierig, sich in so einer Situation zu entspannen, und er half mir dabei, indem er sachte meinen Hintern streichelte. Wieder suchten seine langen Finger meine triefend nasse Spalte, und diesmal steckte er sie tief in mich hinein. Ich schrie vor Entzücken und wand mich vor Erregung. Meine Schenkel öffneten sich wie von selbst. Er bewegte langsam, aber bestimmt seine zwei oder drei Finger in meinem Innern, und ich stöhnte erneut. Klatschnaß zog er diese jetzt aus meinem Schlund und strich von neuem über meine ganze Spalte bis hin zu meinem Arschlöchlein. Wieder verkrampfte ich mich instinktiv, es war ein Reflex, und wieder bekam ich eine Tracht Prügel auf meinen bereits glühenden Po.

»Du willst und willst nicht gehorchen, stimmt's? Da werde ich dich immer härter bestrafen müssen, Lara. Wenn du mich nicht endlich deine süße kleine Rosette erforschen läßt, bekommst du fünf Minuten lang ununterbrochen meine Hand zu spüren.«

Während er dies sagte, lag seine ebenfalls heiß gewordene Hand auf meinem Kreuz, und ich konnte mich ein wenig beruhigen. Langsam und sachte legte er einen Finger auf meine fast noch keusche Öffnung und kitzelte sie nur unmerklich. Ich glaubte sterben zu müssen ob dieser zärtlichen und unglaublich erregenden Berührung. Er rieb leicht und sachte darüber, ging immer wieder in meiner Fotze Saft aufnehmen, bis auch mein Arschlöchlein klatschnaß war, und da führte er mir einen Finger in diese fest verschlossene, aber sehr erregbare Körperöffnung. Er bohrte ihn tief hinein, um ihn unmittelbar darauf langsam wieder herauszuziehen. Die Nässe erlaubte ihm, so vorzugehen, ohne daß es schmerzte, und ich winselte vor Erregung. Meine Aufruhr wurde so heftig, daß ein Orgasmus nicht mehr lange auf sich warten ließ. Hin und her, rein und raus bewegte er seinen unzüchtigen Finger, und mir wurde heiß und schwindlig. Geschickt drehte er seine Hand um, den langen Finger immer noch unflätig in meinem Hintern, und steckte seinen dicken Daumen in meine nasse Spalte. Während seine beiden Finger in meiner intimsten und für ihn eigentlich noch geheimsten Sphäre vergraben hielt, begann ich zu röcheln und wand mich laut schnaubend auf seinem Schoß. Schneller und gekonnt bewegte er seine Hand meinem Orgasmus entgegen, und ich war überzeugt, in diesem Moment hatte meine letzte Stunde geschlagen. Um mich noch wahnsinniger zu machen, suchte er mit seiner freien Hand meine Brüste und knetete sie hart. Er spielte mit einem meiner harten Nippel, und als er hineinkniff, gleichzeitig seine Hand an meinem Po hitzig rein- und rausbewegte, schrie ich minutenlang laut und grell und verlor für Sekunden das Bewußtsein.

Es klingelte und hämmerte an meiner Haustür. Dieser Krach brachte mich wieder zur Besinnung, und ich schaute Kevin erstaunt an. Er legte einen Finger an seine Lippen, und wir bewegten uns nicht. Wieder hämmerte es laut an meiner Eingangstür, und jetzt erkannte ich Robertos Stimme, die laut brüllte: »Ist alles in Ordnung mit dir, Lara?«

Wir durften kaum atmen, und ich fragte mich, ob ich daran gedacht hatte abzuschließen. Den Gedanken noch kaum fertig gedacht, hörte ich, wie Roberto versuchte, die Tür zu öffnen. Sie war verschlossen, Gott sei Dank. Erleichtert richtete ich mich auf und flüsterte Kevin leise ins Ohr: »Das ist mein kleiner Bruder, er hat mich wohl schreien gehört. Wir bewegen uns nicht, bis er weg ist, okay?«

Kevin nickte nur, nahm mich in seine Arme und küßte mich sanft. Wo war der brutale Mann von vorhin? Aus lauter Bestürzung und Dankbarkeit ließ ich mich geschmeidig von seiner Brust rutschen, glitt zwischen seine muskulösen Schenkel und öffnete seine Hose. Der feine Duft eines herben und sehr männlich riechenden Duschmittels drang in meine Nase, und mit Wonne nahm ich seinen erigierten Penis in den Mund. Diesen schönen, sauberen und harten Schwanz zu lutschen, war herrlich, und ich wurde gleich wieder scharf. Aber jetzt war Kevin an der Reihe, und ich gedachte, ihm soviel Wonne und Glückseligkeit zurückzugeben, wie er vorhin mir geschenkt hatte. Er legte sich hingebungsvoll nach hinten, schloß sehnsüchtig die Augen, legte seine Arme hinter den Nacken, spreizte seine Beine und ließ meine Zärtlichkeiten keuchend über sich ergehen. Er genoß es sichtlich, und es machte mir Spaß, seine Eier zu lecken, seinen Schwanz zu reiben, an seiner Eichel zu saugen, bis er nicht mehr konnte und meinen Kopf zur Seite drückte, um zu verhindern daß er mir in den Mund abspritzte. Ich stieß seine Hände weg, schaute ihn liebevoll an. Mein Blick, aber das konnte er nicht erraten, wollte sagen: Heute habe ich Lust, dein Sperma zu trinken. Heute ausnahmsweise will ich Sperma schlucken. Auch wenn ich dies sonst nie tue, Kevin, heute habe ich Lust danach. Oh, ich liebe deinen Schwanz, ich liebe deine Hoden, deine Hände, deinen Körper, deinen Geruch. Ich liebe deine Ekstase in meinem Mund.

Kevin hatte sich nach einer langen schweigenden Umarmung verabschiedet und war schweren Herzens gegangen. Auch ich hatte Mühe gehabt, ihn gehen zu lassen, aber ich war danach froh, alleine zu sein. Diesen Sinnesrausch alleine noch einmal zu genießen, das wäre es jetzt, doch mein Handy klingelte. Ich dachte, es wäre Kevin, der sich erkundigte, wie es mir ginge. Aber es war Roberto …

Ihn konnte ich in diesem Moment wirklich nicht gebrauchen, er hätte meine sinnliche Erinnerung an Kevin zerstört, und darum nahm ich nicht ab. Noch lange reizte mich der Nachgeschmack dieses aufregenden Erlebnisses, und erst sehr spät schlief ich mit einem Lächeln auf den Lippen zufrieden und glücklich ein.

*

Laute Stimmen im Vorzimmer meines Büros hinderten mich daran, mich bei meiner Arbeit voll zu konzentrieren, also drehte ich mich von meinem PC weg und versuchte, zu lauschen, worum es draußen ging. Ich hörte nur, wie meine Sekretärin schrie, ich sei gerade in einer Besprechung und dürfte nicht gestört werden. Ich mußte lächeln und dachte wieder einmal daran, wie gut ich es mit dieser Claudine getroffen hatte. Natürlich bezahlte ich sie fürstlich, aber sie war ihr Geld wert. Sie war Französin, und wenn wir nicht gerade extremen Streß hatten, tranken wir zusammen Kaffee und unterhielten uns in ihrer Muttersprache. Das paßte mir sehr, denn ich war zweisprachig, und wenn ich diese Sprache nicht regelmäßig benutzte, würde es nicht lange dauern, und ich würde zuviel vergessen.

Plötzlich polterte es laut gegen meine Doppeltür, und nur Sekunden später stürzte Roberto herein, gefolgt von Claudine, die versuchte, ihn am Ärmel festzuhalten.

»Entschuldige, Lara, ich konnte ihn nicht zurückhalten, er ist wie von Sinnen!«

»Schon gut, Claudine, danke. Du kannst ihn reinlassen. Aber was erzähle ich da, mein lieber Bruder ist ja schon drin.«

»Lara, so geht es nicht weiter, du kannst mich nicht immer hinhalten und dich nicht melden, wenn ich anrufe. Vor allem jetzt, da ich mir so wahnsinnige Sorgen um dich mache.« Er schaute nach hinten, versicherte sich, daß meine Sekretärin die beiden Türen verschlossen hatte und sprach außer Atem weiter: »Am Samstagabend, was war da los? Wurdest du vergewaltigt? Weißt du, daß ich bei der Polizei war? Die Blödmänner haben mich nicht mal ernst genommen, ja, sie haben sich über mich lustig gemacht. Sie wollten, daß ich ihnen genau beschreibe, was ich in deiner Wohnung gehört habe. Daß es laute Schreie waren, wie ich erklärte, genügte ihnen nicht, sie wollten eine genaue Ausführung davon, was ich wirklich und ganz ehrlich gehört hätte. Sie dachten, ich sei nur ein eifersüchtiger Liebhaber, der seiner Geliebten den Spaß verderben wollte. Als ich ihnen zu erklären versuchte, daß ich dein Bruder und höchst besorgt sei, lachten die Idioten noch mehr. Ich sei wohl ein behütender sizilianischer Bruder, die seien noch eifersüchtiger als Liebhaber. Jetzt sag mir, was los war, Lara! Hat man dich geschlagen, hat dir jemand weh getan? Sag mir, wer es ist, und ich bringe ihn um.«

»Beruhige dich erst einmal, Roberto! Komm, setz dich und atme tief durch, ich erkläre dir alles. Wie alt bist du, Brüderchen? Knapp zwanzig? Etwas älter? Hast du tatsächlich noch nie etwas von Sex gehört, bei dem es etwas lauter zugeht? Von Praktiken, bei denen man halt etwas lauter stöhnt oder brüllt als sonst? Ja, ich liebe solche Sachen, und ich flippe aus bei hartem

Sex. Sorry, ich sollte solche Dinge nicht mit meinem kleinen Bruder besprechen, aber du zwingst mich dazu. Zudem habe ich dir etliche Male gesagt, du sollst nicht einfach unangemeldet bei mir vorbeischauen, das mag ich nicht, und ich würde dir sowieso nie aufmachen. Verstehst du mich, Roberto, du fängst an, lästig zu werden.«

Er ließ sich in einen meiner Ledersessel fallen, legte das Gesicht in beide Hände und weinte. Verdammt, das wollte ich natürlich auch nicht. War er wirklich so sensibel? Ich stand auf, marschierte um mein riesiges Mahagonipult auf seinen Stuhl zu und legte meine Hände auf seine Schultern. Er tat mir ja leid, aber ich mußte es ihm sagen, wenn ich nicht wollte, daß er mich mit seiner Bruderliebe erstickte. Augenblicklich umarmte er meine Taille, legte sein feuchtes Gesicht an meine Brust und schluchzte herzzerreißend. Ich strich ihm besänftigend über die Haare, und er heulte und schüttelte sich noch mehr. Als er sich beruhigt hatte, schniefte er, trocknete sich die Tränen mit einem nicht gerade lupenreinen Taschentuch ab und versuchte zu sprechen. Abgehackt stammelte er: »Weißt du, Lara, mir kam in diesem Moment vor deiner Haustür die Erinnerung an unseren Vater hoch. Wie er dich in deiner zarten Jugend vergewaltigt hat, und ich konnte an nichts anderes mehr denken. Ich war überzeugt, daß du mißhandelt wurdest. Ich wurde fast wahnsinnig vor Angst, und als du nicht geöffnet hast, bin ich zum nächsten Polizeirevier gerannt. Als ich dann zurück zu deiner Wohnung ging, legte ich mein Ohr an deine Tür und hörte leichte Musik und hoffte, dir ginge es gut. Ich getraute mich nicht, noch einmal zu läuten oder anzurufen, da du ja nicht auf mein Drängen reagiert hast.«

»Tut mir leid, Kleiner, ich wollte dir nicht weh tun, ich wollte nur ein wenig Abstand gewinnen, du weißt wieso. Und ich wußte natürlich nicht, daß du dermaßen in Sorge um mich warst. Aber wie kommst du überhaupt vor meine Penthouse-Tür? Die untere ist doch immer verschlossen. Aber das ist jetzt auch egal! Komm, Roberto, ich mache Feierabend, und wir gehen irgendwo eine Pizza essen.«

Ich nahm meinen Mantel aus der Garderobe, packte Roberto bei der Hand, und willenlos ließ er sich mit sich ziehen. Eines war aber ab sofort sicher: Mein kleiner attraktiver Bruder war für mich keine Gefahr mehr. Er war für mich überraschend zu einem kleinen schwachen Buben mutiert, und solche Männer hatten bei mir erotisch keine Chancen. Aber ich sollte mich noch täuschen.

Da mir Roberto ziemlich gebrochen vorkam, schleifte ich ihn buchstäblich zu mir nach Hause. In eine Pizzeria konnte ich ihn in seinem Zustand nicht mitnehmen, ich hätte mich ja schämen müssen. Ich hatte noch ein paar Portionen vom Sonntagabend übrig, die würde ich uns aufwärmen. Wir nahmen wieder meine geliebte Abkürzung durch den Park, und Roberto hatte in der reinen, etwas kühl gewordenen frischen Luft Zeit, sich zu erholen. Vor meinem Haus angekommen, sah er wieder einigermaßen wie ein Mann aus. Ich ließ ihn eintreten, bat ihn, uns aus meiner Bar einen Drink zu mixen, und begab mich in die Küche, um das Essen in die Mikrowelle zu stellen. Mit zwei gefüllten Gläsern kam Robert in die Küche und reichte mir eines davon. Wir prosteten uns zu, und ich nahm einen großen Schluck. Ich konnte einen guten Drink gebrauchen. Fast hätte ich mich verschluckt, so stark war er.

»Was um Himmels willen hast du uns da zusammengebraut, du Verrückter?«

»Trink«, antwortete er nur und schaute mich mit einem merkwürdigen Blick an.

»Gieß noch einen Schluck Soda rein, bitte, so stark bring ich das Zeug nicht runter.«

»Trink ihn so! Ich will dich ein bißchen betrunken sehen, Lara.«

Seine Worte waren plötzlich so überzeugend und männlich, daß ich den Eindruck hatte, sie duldeten keine Widerrede. Ich wollte mich nicht mit ihm streiten und nippte an meinem Glas. Wir standen immer noch in der Küche, und ich machte mich daran, das Geschirr und das Besteck für unser Nachtessen aus dem Schrank zu nehmen.

»Während des Essens wirst du mir bitte erklären, was es mit diesen Sexpraktiken auf sich hat, Lara, ich will das wissen und lernen.«

»Kommt gar nicht in Frage, Roberto. Erstens bist du zu jung für solche Gespräche, und zweitens ziemt es sich nicht unter Geschwistern, solche Themen zu besprechen.«

»Ich bin also zu jung, sagst du? Wollen wir mal schauen?« Er nahm mir flink Messer und Gabel aus den Händen, legte sie auf die Anrichte, packte mich unsanft und küßte mich auf den Mund.

Ich stieß ihn weg, holte mit der Hand aus und wollte ihn ohrfeigen, aber er war schneller und ergriff mein Handgelenk. Er drehte mir den Arm auf den Rücken, drückte mich mit seinem Körper an den Küchenschrank und küßte mich erneut. Diese wiedererlangte Männlichkeit, diese Härte, seine Kraft und Entschlossenheit machten mich so stutzig, daß ich mich nicht wehrte. Ich schloß die Augen, öffnete meine Lippen und ließ seine fordernde Zunge in meinen Mund eindringen. Wahrhaftig, dieser Kuß war nicht der eines unerfahrenen, weinerlichen Jünglings. Die Entschlossenheit und Grobheit seines Kusses ließen meine Knie weich werden, und ich erwiderte ihn mit einer Heftigkeit, die mich selber überraschte.

Ich kam erst wieder zur Vernunft, als er eine Hand in meine Bluse steckte und dabei zwei Knöpfe abriß. »Nein, Roberto, hör auf! Das hatten wir schon mal oder? Hatten wir nicht beschlossen, daß wir uns das nie mehr erlauben wollten? Laß mich los und hilf mir, den Tisch aufzudecken.«

»Ich will dich, Lara, ich liebe dich, ich bin scharf auf dich, ich kann nicht aufhören, und wenn du nicht einwilligst, nehme ich dich mit Gewalt! Das liebst du doch, oder etwa nicht?«

Diese Worte aus dem Mund dieses zarten, sensiblen Jünglings erschreckten mich, und ich mußte vorsichtig mit ihm reden, damit er nicht ausrastete. Aber ich kam nicht dazu. Schon hatte er mich wieder an seinen Leib gepreßt, beugte sich über mich, legte einen Arm unter meine Kniebeugen und den anderen unter meine Achseln, und bevor ich realisierte, was mir passierte, hob er mich hoch und schritt mit mir Richtung Schlafzimmer, als wäre ich federleicht. Ich zappelte und protestierte, versuchte noch einmal die Masche des Bruder-Schwester-Inzests, aber er lächelte mich nur an. Er knabberte an meinem Ohr, suchte meine Lippen, küßte mich auf Hals, Kinn und Ohr und legte mich schlußendlich sachte auf mein breites Bett. Er setzte sich neben mich, und als ich Anstalten machte aufzustehen, drückte er mich mit einem Finger wieder zurück in meine Rückenlage. Ich weiß nicht, ob es Kraft oder nur eine sagenhafte Macht war, die er auf mich ausübte, aber ich versuchte ab sofort gar nicht mehr, ihm auf irgendeine Weise zu widersprechen. Auch als er sanft eine Haarsträhne aus meinem Gesicht streifte, hatte dies auf mich eine Auswirkung, als hätte er mich an einer der intimsten Stelle gestreichelt. Ich erschauderte, und er merkte es zu meinem Leidwesen postwendend.

»Du bist genau so scharf auf mich wie ich auf dich, Lara. Gib es zu.«

»Das habe ich auch noch nie abgestritten, Roberto, das weißt du, aber wir wollten doch Abstand behalten, weil wir nicht zusammen sein können. Wir dürfen kein Verhältnis beginnen, du bist mein Bruder.«

»Ja und? Ein bißchen bumsen hat noch keinem geschadet, und wir wollen ja schließlich keine Kinder zeugen, oder? Und jetzt sei still und laß mich machen. Bald wirst du vergessen, daß wir Geschwister sind, du wirst die ganze Welt vergessen. Und vor allem wirst du vergessen, daß du gesagt hast, ich sei zu jung und zu unerfahren, ha-ha!«

Nach diesen mit Häme gesprochenen letzten Worten begann er meine letzten drei noch intakten Knöpfe langsam aufzumachen und öffnete bedächtig meine Bluse. Er starrte verblüfft und mit Bewunderung auf meinen mit Satin bedeckten Busen. »Trägst du immer solch aufreizende sexy Unterwäsche, Lara? Oder hattest du heute abend etwa ein Date?«

»Ich brauche kein Date, um mich hübsch anzuziehen«, erwiderte ich mit atemloser Stimme. Allein sein Blick auf meine Brüsten erregte mich zutiefst, und eine heiße, lavaartige Nässe entbrannte zwischen meinen Schenkeln.

»Hast du auch ein zum BH passendes, schneeweißes Satinhöschen unter deinen Jeans an?« fragte er und öffnete Knopf und Reißverschluß meiner Levis.

Als er versuchte, mir meine Jeans auszuziehen, hob ich willig und wie ferngesteuert meine Hüften, damit er sie herunterziehen konnte.

»Brav machst du das, Lara, ich liebe dich. Wie schön du nur in Büstenhalter und Slip aussiehst. Ich hatte schon oft davon geträumt, wie du wohl aussehen würdest, aber du übertriffst noch meine beflügelte Phantasie.« Mit zarten Fingerspitzen strich er über den Rand meiner Satinwäsche und kitzelte durch den feinen Stoff meine Brustwarzen. Ich zuckte und stöhnte auf vor Lust und Erwartungen.

»Jetzt verstehe ich, warum du am Samstag so laut geschrien hast, wenn du schon bei dieser harmlosen Berührung so reagierst. Wenn es so wenig bedarf, damit du so bebend anspringst, wie wird dann erst die Ekstase, wenn ich meine Talente und meine hochgelobten Liebhaberfähigkeiten an dir ausübe!«

Ich schloß die Augen und antwortete nicht auf diese Prahlerei. Nichtdestotrotz glaubte ich ihm aufs Wort, wenn er andeutete, daß er ein ausgezeichneter Liebhaber sei.

Ich spürte, wie er ruhig und langsam die Träger meines BHs über meine Schultern zog. Ich mußte mich beherrschen, deswegen nicht wieder loszuschreien. Er merkte es und bat mich, ich solle mich doch gehen lassen und nur ruhig herauslassen, was ich verspürte.

Dieses Aas, feinfühlend war er auch noch!

Als er mir den Büstenhalter über die Brüste streifte, konnte ich mich tatsächlich nicht mehr beherrschen und seufzte erneut laut auf. Das schien ihm zu gefallen. Er schaute mich mit einem Lächeln an, hob die rechte Hand, und bevor er sie mir auf den Busen legen konnte, schrie ich schon wieder los. Das war jetzt eindeutig übertrieben, ich verstand mich selber nicht und schämte mich deswegen ein wenig. Aber Roberto schien es immer mehr zu gefallen. Er legte seine beiden Hände reglos auf meine nackten Brüste und schaute nur, was jetzt passieren würde. Als ich mich wieder still und ruhig verhielt, begann er phlegmatisch weich und gekonnt meine aufgewühlten Rundungen zu streicheln, zu massieren und zu kneten. Ich glaubte, sterben zu müssen und brauchte mehr. Ich winselte erneut, bäumte mich auf, riß seine rechte Hand von meiner Brust und legte sie mir zwischen die Beine.

»Aber, aber . . ., was haben wir denn da? Sind wir etwa ungeduldig? Da wirst du aber noch lange leiden müssen. Und diese sanften Qualen wirst du noch lange brav und gehorsam erdulden müssen, sonst muß ich dich ans Bett fesseln, wenn du nicht schön stillhältst.«

Wenn er gewußt hätte, was Worte wie ‚gehorsam' und ‚fesseln' bei mir für eine Wirkung hatten . . .

Er legte eine Hand unter mein Schulterblatt, und gekonnt öffnete er in Sekundenschnelle den Verschluß meines BHs. Ich zuckte zusammen, drehte mich, wie durch eine unsichtbare Macht getrieben, um und kauerte mich zusammen. Ich legte beide Hände auf meinen Mund, um nicht wieder loszuschreien, preßte die Lippen aufeinander und schloß die Augen.

»Was dich nicht alles erregt, Lara, das habe ich wahrhaftig noch bei keiner Frau erlebt. Komm, dreh dich schön wieder auf den Rücken und entspann dich. Ich möchte nicht die Kordeln deiner Samtvorhänge herunterreißen müssen, um dich damit ans Bett zu fesseln. Halt jetzt einfach schön still, okay?«

Wenn Roberto gewußt hätte, daß im Nebenzimmer

eine gewisse Schublade mit verschiedenen Stricken und Fesseln gefüllt war, hätte er nicht daran gedacht, meine Vorhänge zu verunstalten. Aber natürlich hütete ich mich davor, es ihm zu sagen.

Jetzt beugte er sich über mich und küßte meine zitternden Lippen, rutschte mit seinem heißen Atem über meinen Hals, küßte mein Dekolleté und glitt langsam über meine bebenden Brustwarzen. Dort begann er genüßlich, aber bedächtig, an meinem linken Nippel zu saugen. Hart, erregt und geschwollen waren meine Spitzen schon lange, aber sein Mund verwandelte sie in die erogenste Zone meines Körpers. Den anderen Nippel drückte Roberto zwischen Daumen und Zeigefinger so stark zusammen, daß ich vor Schmerz und Erregung aufheulte.

»Pssssst, ich mache es nicht mehr so stark, Lara, beruhige dich.« Und er legte wieder seine beiden Hände zärtlich über meine ohnmächtigen und entbrannten Hügel. Ich atmete nicht mehr, ich schnaubte laut, und wieder lächelte er mich nur frech an. »Möchtest du mehr, Lara? Möchtest du, daß ich dich endlich hier berühre?« Und er legte seine Hand auf meinen immer noch mit weißer Seide bedeckten Schamhügel. Die Finger ragten über meine pulsierenden Schamlippen.

Ich schnaufte noch intensiver und glaubte zu explodieren, wenn er mich nicht bald fickte. Ich streckte ihm meinen Bauch entgegen, hob meine Scham hoch, spreizte meine Beine, um sie gleich wieder zu schließen und seine Hand damit einzufangen. Er ließ es lächelnd geschehen, bewegte sich nicht, und ich mußte mit meiner eigenen Hand auf seine Finger drücken, damit endlich etwas geschah. Ich würde noch verrückt werden, dachte ich.

»Nimm mich, Roberto, zieh mein Höschen aus, bitte, fick mich oder ich sterbe!«

»Oh, so schnell geht das nicht, Schätzchen, du liebst es doch, wenn man dich quält und dich mißbraucht. Sicher hast du noch nie erlebt, wie schmerzhaft es sein kann, auf diese feine Art zu leiden. Schläge und Brutalität sind für Proletarier. Ich bin da viel subtiler, und du wirst dich noch lange winden und betteln müssen, bis du das bekommst, was du willst, du geiles kleines Miststück.«

Wie von einer Feder getrieben, stellte ich mich auf und drückte mich aufreizend an ihn, preßte meine nackten Brüste an sein Hemd und küßte ihn hart auf den Mund. Ich steckte meine Zunge tief in seinen Mund, schmeichelte damit um die seine, drückte mein Knie sanft auf seine ausgebeulte Hose, denn der Herr war noch in voller Montur und hatte noch nicht einmal sein Sakko ausgezogen. Wollen wir doch sehen, wer hier die Oberhand gewinnt, und wer in meinem Schlafzimmer bestimmt, wann ich gevögelt werde und wann nicht.

Einige Sekunden ließ er es teilnahmslos geschehen, bis er mich dann über seine Oberschenkel legte und mir den Arsch versohlte. Nur drei kurze heftige Schläge, dann war es auch schon vorbei. Meine Pobakken brannten leicht, und ich fragte mich, wie er wissen konnte, daß ich das … na ja, lassen wir das.

»Du zwingst mich ja direkt, dich wie ein unartiges Mädchen zu behandeln. Du suchst die Schläge, stimmt's? Aber glaub ja nicht, daß ich auf dein Spielchen eingehen werde und daß ich dich auf diese Weise befriedige. Meine Art ist die qualvollere, glaube mir, und da du das nicht gehorsam geschehen lassen willst, werde ich deine schönen Vorhänge halt doch verunstalten müssen. Tut mir leid, aber ich muß dich ans Bett fesseln.«

Er stand auf, schritt zum Fenster und hatte schon die schöne geschwungene Samtkordel in der Hand. Er beabsichtigte vermutlich, sie abzureißen. »Halt, nein, Roberto, warte, nicht die Vorhänge. Wenn du mich schon unbedingt ans Bett fesseln willst dann ...«

»Ja? Was dann?«

»Ich habe ...«

»Himmel, so sprich schon, was willst du mir denn sagen?«

»Im Nebenzimmer in der Schublade der schwarzen Kommode befinden ...«

»Was befindet sich dort?«

Er quälte mich tatsächlich, als hätte er genau gewußt, was ich sagen wollte. Das war Psychoterror, was er da mit mir anstellte.

Er setzte sich wieder neben mich aufs Bett, streichelte meine Knie und befahl mir aufzustehen, damit er mir mein letztes Kleidungsstück, mein weißes Höschen, ausziehen konnte. Willenlos und gehorsam ließ ich es geschehen, und wieder ließ mich allein dieses sanfte Herunterstreifen meines Slips erschaudern.

Dabei entdeckte Roberto meine Nässe, drehte mich zu sich um und leckte sanft meinen ganzen Liebessaft ab. Seine Zunge war zart und zugleich hart, wenn sie versuchte, sich einen Weg zwischen meine zugeschwollenen Schamlippen zu bahnen. Er kostete schmatzend und seufzend meine Flüssigkeit, als wäre es der kostbarste Nektar. Dann trocknete er sein Gesicht an meinem Oberschenkel ab, biß leicht hinein und riß mich zu sich herunter. Ich lag auf dem Rükken, er lag über mir und lächelte wieder sarkastisch.

»Also, du lüsternes kleines Mädchen, was wolltest du mir vorhin sagen?«

»Ach nichts, Roberto, bitte fick mich endlich, sonst stehe ich auf und laufe davon.«

»Auslaufen tust du, nicht davonlaufen, das meinst du wohl. Wolltest du mir etwa gestehen, daß du Strikke im Haus hast, und daß ich deine Gardinen nicht zerreißen muß, um dich zu fesseln?«

»Woher weißt du ... oh Scheiße!« Schon hatte ich mich verraten, ich errötete und mußte jetzt ebenfalls lachen.

»Gar nichts wußte ich, aber da du mir im Büro gesagt hast, daß du gern harten Sex mit dominanten Männern hast, konnte ich es mir denken. Also sag mir jetzt rasch, wo die Seile sind, Lara.«

»Aber du versprichst mir, daß du mir nicht weh tust, Roberto.«

»Ich hab' dir doch schon vorhin gesagt, daß ich einer Frau nie weh tun kann, aber quälen kann ich dich, auf meine Art, du hast es eben schon erlebt. Du bettelst seit bald einer Stunde, daß ich dich ficke, und ich werde es vielleicht heute nicht einmal tun. Das ist eine richtige Qual, Lara, das tut so richtig weh. Vielleicht lasse ich dich angebunden und komme erst morgen wieder. Na, wäre das nicht was, du kleine Masochistin?«

»Nein, Roberto, so nicht, dann machen wir eben keine Fesselspiele, das macht mir Angst. Vergessen wir es für heute, okay?«

Er stand ohne zu antworten auf, schritt ins Gästezimmer und knipste das Licht an. Ich vernahm, wie er die Truhe fand und die Schublade öffnete. Ein lautes Kichern ertönte, als er vermutlich alle meine Spielsachen entdeckte. Plötzlich jaulte er vor Begeisterung, und ich hörte, wie er sie alle herausnahm. Als er wieder zurück ins Schlafzimmer kam, waren seine Arme beladen mit meinem Vibrator, meiner grünen dicken Kerze, der dünnen roten, der Champagnerflasche, und den beiden kurzen Peitschen. Die Stricke hatte er nicht mitgenommen!?!? Seine Augen glänzten, sein Mund war durch ein zynisches Lächeln verzerrt, das mir fast ein wenig Angst machte. Da hatte ich mir ja was eingebrockt. Er erriet meine Gedanken …

»Ja, du siehst das ganz richtig, Lara, ich brauche keine Stricke, um dich festzubinden und dich stillzulegen. Ich mache das auf eine viel subtilere und für dich viel gefährlichere Art. Ich werde dich nämlich hypnotisieren.«

Ich glaubte zuerst, er spaße, aber als er mich mit seinen durchdringenden schönen Augen immer strenger ansah, mußte ich zugeben, daß er durchaus Hypnosefähigkeiten besitzen könnte. Er zog einen goldenen Kugelschreiber aus seinem Sakko, das er zu meinem Erstaunen immer noch trug, und fuchtelte damit vor meinem Gesicht herum. Dann hielt er still, die Spitze des Kugelschreibers stand nahe an meinem Gesicht, zwischen meinen beiden Augen, und ich mußte ein wenig schielen, um sie anzusehen.

»Genau so mußt du das goldene Kügelchen, das dich in Kürze hypnotisieren wird, anschauen. Konzentrier dich nur noch auf die Spitze des Kugelschreibers, Lara, ja, so ist es schön. Jetzt spann deinen ganzen Körper an, heb den Kopf und die Beine leicht an, spann alle Muskeln an, bis sich dein ganzer Leib steinhart anfühlt, ja ... genau so ... richtig machst du das. Halt jetzt diese Stellung für einige Sekunden, bleib so, atme nicht und versteif deinen ganzen Körper noch mehr. Jaaa ... und jetzt ... laß dich fallen und entspann alle Muskeln. Na, wie fühlt sich das an?«

Tatsächlich war die Entspannung durch die vorhergehende starke Anspannung aller Muskeln ausgesprochen angenehm und überwältigend. Noch besser hätte ich mich vermutlich entspannen können, wenn ich nicht splitterfasernackt vor meinem jungen Bruder gelegen hätte. Aber was sollte es, ich spielte sein Spielchen nur allzu gerne mit. Hypnose hatte mich noch nie beeindruckt, zudem hatte ich es schon öfters versucht, also, ich meine, ich hatte es schon zugelassen, mich hypnotisieren zu lassen, aber es hatte bisher noch nie funktioniert. Robertos Stimme weckte mich aus meinen Gedanken.

»Jetzt tun wir dasselbe noch einmal, Lara, spann nochmals alle Muskeln an und versteif deine Glieder. Diesmal tun wir's noch ein wenig stärker als das erste Mal. Du wirst sehen, du kannst das.«

Und tatsächlich konnte ich es. Mein ganzer Körper fühlte sich wie einen Betonklotz an, und von Kopf bis Fuß war ich gespannt und steif. Ich wartete nur noch auf den erlösenden Befehl meines ‚Hypnotiseurs', der mich aufforderte, mich abermals zu entspannen.

»Gut so, Lara, ich zähle jetzt bis drei, und du entspannst dich, läßt dich fallen und fixierst die Spitze meines Kugelschreibers. Eins, zwei drei ... jawohl, wunderbar! Schön die Spitze des Kugelschreibers anschauen, Lara, gut so. Jetzt bist du ganz entspannt, ruhig und müde. Dein Atem geht ruhig und regelmäßig, alle deine Glieder werden müde und schwer und sind entspannt. Bleischwer und müde fühlst du dich jetzt. Schwer und müde, schwer und müde ... Du versuchst, einen Arm zu heben aber er ist zu schwer, es geht nicht mehr. Versuch's!«

Ich versuchte es, und mein Arm klebte an der Matratze fest, als hätte mich Roberto mit tausend Strikken festgebunden. Meine Augen weiteten sich, und ich wollte meinen Guru ansehen, aber sofort befahl mir Roberto, wieder die Spitze des Kugelschreibers anzustarren.

»Du fühlst unendliche Wärme in deinem Körper aufkommen, Lara, du wirst noch schwerer und noch schläfriger und noch müder. Deine Augenlider sind sooooo schwer, daß sie sich schließen. Ja, Lara, schließ deine Augen, dein Geist wird in einen tiefen unwirklichen Schlaf eintreten, dein Wille ist gebrochen und deine Unbeeinflußbarkeit gehört mir. Nur dein Körper wird alles fühlen, was mit ihm geschieht. Willenlos wird er alles mit sich geschehen lassen, was dein Meister mit ihm anstellen wird. Ohne Stricke und ohne Fesseln wird er mir gehorchen und sich über meine Taten erfreuen.«

Ich glaube, in einem normalen Zustand hätte ich über solche Worte spöttisch gelächelt, aber mein Geist war tatsächlich benebelt. Ich spürte, wie ich keinen eigenen Willen mehr hatte, wie ich schwebte und das Bett unter meinem Körper entschwand. Ich war hellwach, glaubte ich, hörte alle Geräusche um mich herum, hörte Robertos ruhigen Atem über mir, aber meinen Körper fühlte ich nicht mehr. Ich hatte den Eindruck, als würde ich einen halben Meter über der Matratze schweben. Ich fühlte mich leicht und körperlos, bis Robertos tiefe Stimme erneut zu mir sprach: »Ich werde dich jetzt mit meiner starken Willenskraft und nur durch meine Gedanken ans Bett fesseln. Ich werde deine Arme und deine Beine an der Matratze fixieren, und du wirst dich nicht mehr bewegen können.«

Nicht einen einzigen Gedanken verschwendete ich daran, daß dies nicht funktionieren würde, denn ich wußte, ich war machtlos und ihm total willenlos ergeben. Plötzlich fühlte ich, wie ich doch noch einen Körper besaß, nämlich, als Roberto mein Handgelenk nahm und meinen tonnenschweren Arm nach oben verschob. Als meine Finger das kalte Holz meines Bettgestells spürten, hielt ich mich automatisch daran fest.

»Genau so machen wir es, du zarte, willenlose Gespielin, du fesselst dich selber mit deinen schönen langen Fingern und kannst dich nicht mehr selber losreißen. Versuch es!«

Wie befohlen versuchte ich, meine Finger, die sich um den Pfosten geschlossen hatten, wieder zu öffnen, aber es ging nicht. Meine Hand war steif und wie angeklebt mit dem Holz verschmolzen, und ich konnte sie nicht lösen.

»Siehst du, wie das wirkt, Lara, und wie du mir gehorchst, auch ohne Stricke? Jetzt machen wir dasselbe mit der anderen Hand. Die Beine müssen wir natürlich auch noch arretieren, nicht wahr, Lara? Ich werde dir jetzt deine schönen Beine spreizen und ebenfalls fixieren.«

Als er meine Fußgelenke anfaßte, meine Beine öffnete, um sie links und rechts virtuell am Bett zu befestigen, war das Lustgefühl unglaublich stark und so wie vorhin bei den Handgelenken. Diese Körperregion konnte man nicht direkt als die erogenste des ganzen Leibes bezeichnen. Aber in diesem Moment waren diese Berührungen stärker, als wenn er meine Klitoris berührt hätte. Meine Güte, dachte ich, was passiert, wenn er mich richtig und an meinen empfindlichen Stellen berührt? Als meine Beine reglos fixiert waren, hörte ich ein Rascheln, und ohne zu überlegen, wollte ich die Augen öffnen, um zu schauen, was er machte, aber oh Schreck ... die Augenlider waren schwer und ließen sich nicht öffnen. Nach dem ersten Schock versuchte ich zu erraten, was er wohl gerade tat. Ich hörte ein Geräusch wie eine Tasche, die sich öffnete, dann glaubte ich zu erraten, daß Roberto seine Schuhe auszog, und schließlich hörte ich, wie er sich seiner Kleider entledigte. Auf einmal fühlte ich ein sanftes Kitzeln an meinen Fußsohlen. Blitzartig verwandelte sich das Kitzeln in erregende Aufruhr, und ich fragte mich, womit er dieses Streicheln verursachte. Seine Hände konnten es nicht sein, auch wenn ich nicht daran zweifelte, daß Roberto bestimmt sehr zärtlich sein konnte. Aber diese Berührung, die jetzt meine Beine hochkam, war seiden. Wie Schmetterlingsflügel liebkoste mich dieser Kontakt. An der Innenseite meiner Schenkel hielt er inne und liebkoste dort das weiche Fleisch noch intensiver. Ich hoffte und betete, daß diese Schmetterlinge auch bald meine intimste und heißeste Körperstelle verwöhnen würden, aber sie ließen meine nackte Scham aus, strichen sanft über meinen Bauch und begegneten meinen Brüsten. Ich hielt den Atem an, es war nicht auszuhalten, fast unerträglich. Der Schmerz dieser zarten, streichelnden Wollust war heftiger als jene einer peitschenden Gerte. Jetzt strich die kitzelnde Wollust in meine Achselhöhle. Langsam und fein streichelte er mich dort, um entlang meiner Seite hinunterzufahren, und über meinen Bauch wieder emporzugleiten. Über meinem Busen war die Berührung unerträglich erregend, und als er mein Gesicht damit berührte, war es wie eine Erlösung. Aber als er an meinem Ohr spielte, glaubte ich schreien zu müssen. Natürlich entwich kein einziger Ton meiner Kehle. Ich öffnete nur stumm den Mund und atmete schwer. Die Berührung senkte sich alsbald über meinen Hals, zwischen meine Brüste und über meinen Bauch, und wieder ersehnte ich ein Streicheln zwischen meinen Beinen. Diesmal war Roberto gnädiger, und er liebkoste meine pulsierenden Schamlippen. Es war himmlisch und schmerzhaft zugleich. Diese unbefriedigte Lust, diese zarte Berührung und dieses sanfte Streicheln würden mich noch umbringen, dachte ich bei meinem benebelten Verstand.

»Na Prinzessin, wie gefällt dir meine Pfauenfeder? Ist sie nicht schmerzhaft lieb zu dir? Ist die Qual dieser langsamen zärtlichen Folter nicht viel aufregender als einfältige Peitschenhiebe?«

Er hatte recht, die Qual war unausstehlich faszinierend. Eine Feder war es also, die mich so liebevoll verwöhnte. Ich wäre nie darauf gekommen. Der sanfte Zugwind neben meinem Oberkörper ließ mich annehmen, daß er die lange Feder aufs Bett gelegt hatte. Tatsächlich sprach er mit seiner tiefen Stimme: »Jetzt wirst du meine Schwanzspitze küssen, Lara, nur ganz sachte mit gespitzten Lippen.«

Ich verstand diesen abrupten Sinneswandel nicht und konnte es kaum fassen, als ich spürte, wie er über meinen Oberkörper kletterte. Nach diesen geschmackvollen Zärtlichkeiten so etwas? Als ich seinen Penis an meinem Mund spürte, öffnete ich ein wenig meine Lippen und küßte und nippte daran. Er war glatt und süß, erstaunlich süß, als hätte er Honig darauf geschmiert.

»Jetzt nimm ihn in den Mund und beiß drauf, auch ich habe gerne Schmerzen beim Sex.«

Ich konnte es nicht fassen und getraute mich nicht. Wer weiß, wie er dann reagierte und wütend wurde und mich dann vielleicht doch schlug, weil ich ihm weh getan hatte.

»Los, Lara, öffne den Mund und beiß leicht hinein, trau dich.«

Ich tat, wie mir befohlen, und als ich begann, meine Zähne ganz vorsichtig in sein zartes Fleisch zu bohren, quoll eine extrem süße Flüssigkeit in meinen Gaumen. Ich hatte in eine Litschi gebissen, diese wunderbare, süße, weiße Frucht. Roberto lachte aus voller Kehle, denn er hatte sehr wohl gemerkt, was in mir vorging. Ich schlürfte die ganze Frucht in meinen Mund, leckte den Saft, der über meine Lippen gequollen war, ab und lächelte. Die Tropfen, die über meine Wangen geflossen waren, wollte ich instinktiv mit der Hand abwischen, aber ich konnte meinen Arm nicht bewegen. Mein Gott, ich war tatsächlich hypnotisiert, ich konnte es nicht fassen, mein Körper gehorchte mir nicht.

»Entspann dich, Lara, hab keine Angst, laß deine Zornesfalten sich wieder glätten, es wird dir nichts Schlimmes passieren.« Und er strich mir mit weichen warmen Fingern über die Stirn.

Nichts Schlimmes passieren? Hieß das, ein klein

wenig was wird mir wohl schon passieren?

Wieder vernahm ich mit meinem durch den Entzug des Sehens verschärften Sinnen, daß er sich über mich beugte. Ich spürte, wie er die restlichen Tropfen der Litschi auf meiner Wange ableckte, um seinen Mund dann auf meine Lippen zu legen und mich innig zu küssen. Während er mich mit seinen warmen Lippen liebkoste, strich etwas Unbekanntes über meine rechte Brustwarze. Ich erschrak und zuckte zusammen, so herrlich war diese Gefühl. Es war, als hätte mir Roberto eine sehr warme Flüssigkeit über die Brustwarzen gestrichen. Er verteilte die glitschige Masse über meinen ganzen Busen und gab meine Lippen frei. Jetzt leckte er diese merkwürdige, warme Masse von meinen Brüsten, legte sein Gesicht liebkosend zwischen meine aufgewühlten Hügel, um mir danach das Unbekannte zum Kosten zu geben. Vorsichtig leckte ich mit spitzer Zunge über seine Lippen und schmeckte die süßeste Schokolade, die ich je in meinem Leben genascht hatte. Wie ausgehungert schleckte ich alles von seinem Gesicht, als hätte ich Angst, er würde es mir wieder entziehen. Da bemerkte ich, wie er vermutlich von der selben klebrigen Masse eine Schicht auf meine Muschi rieb. Tatsächlich verweigerte er mir das Weiterlecken seines Mundes und legte sein Gesicht zwischen meine Beine.

Was jetzt kam, ist mit Worten nicht zu beschreiben. Ob es daher kam, daß ich in einem anderen Geisteszustand versetzt war oder ganz einfach, weil Roberto ein begnadeter Lecker war, ich weiß es nicht. Es war betörend und märchenhaft aufreizend, wie er seine Lippen und seine Zunge an meiner Scham spielen ließ. Ich wollte mich aufbäumen, ihm meine Pussi entgegenstrecken, wollte schreien und keuchen, aber ich mußte wie angenagelt stillhalten und diese zärtliche Qual über mich ergehen lassen. Als ich das Gefühl hatte, Robertos Mund hätte die ganze Schokolade von meinen Schamlippen geleckt, spürte ich, wie er ein weiches Instrument in meine Scheide einführte.

»Nun werde ich dir heiße Schokolade in deine Fotze gießen, Lara, damit ich dich bis zum letzten Tropfen aussaugen kann.«

Das Einführen und Einfließen der wohlgemerkt nur lauwarmen Masse spürte ich sofort an den Scheidenwänden. Es war tatsächlich so, daß ich durch die Hypnose viel empfindlicher war als im normalen Zustand. Der Scharfsinn, der sich mit dem ‚Einschlafen' eingestellt hatte, war beängstigend. Ich hörte, wie Roberto einen Gegenstand auf den Boden fallen ließ. Es war ein metallisches Klappern. Dann legte er ein feuchtes heißes Tuch über meine Brüste, und es begann zu prickeln, zu heizen und gleichzeitig auch zu kühlen. Ich wußte nicht, worum es sich handelte, ich dachte zuerst, er würde nur die restliche Schokolade abwischen wollen, aber der Wirkstoff in diesem Tuch war überwältigend, als hätten tausend Ameisen an meinen Brüsten geknabbert.

Wie konnte er all diese Gegenstände bereitgestellt haben? fragte ich mich. Wie konnte er in meinem Schlafzimmer feuchte Tücher und heiße Schokolade zur Hand haben? Ich begriff die Welt nicht mehr, und die knabbernden Insekten nagten weiter an meinen Brustspitzen.

Jetzt legte er sich zwischen meine Beine und begann zu lecken und zu saugen. Das Vakuum, das sich durch seinen saugenden Mund einstellte, war betörend, und wieder wollte ich zum Schutz die Beine zusammenkneifen. Seine Lippen umschmeichelten meine Klitoris, und gleichzeitig drangen seine langen Finger in meine Möse. Er bewegte diese zwei – oder waren es drei? – Finger auf eine so gekonnte Art, daß ich beinahe die Besinnung verlor. Das rhythmische Auf und Ab und Hin und Her seiner erfahrenen Finger im Zusammenspiel mit den Saugbewegungen seiner Lippen auf meiner geschwollenen Klitoris war berauschend. Mein ganzer Körper wurde brennend heiß, und ich wußte nicht, war es die gekonnte Manipulation von Robertos Lippen und Händen an meiner Scham oder war es das immer noch prickelnde warme Tuch auf meinen erigierten Brustwarzen. Mein benebelter Geist nahm das Nahen eines gewaltigen Orgasmus zur Kenntnis. Ich wollte um mich schlagen, mich winden und brüllen, aber die Steifheit meines Körpers verhinderten jegliche Bewegung. Ich bekam Angst, und trotzdem ereignete sich das Erdbeben in meinem Unterleib. Roberto nahm meinen beginnenden Orgasmus wahr und verlangsamte seine Leckerei an meinem Kitzler und unterbrach das Spiel seiner Finger. Beinahe hätte er meinen ganzen Elan gestoppt, aber er kannte sein Handwerk, und mein Orgasmus erreichte mich nur langsam und etwas weniger heftig, dafür wollte er nicht mehr aufhören. In Gedanken schrie ich meine ganze Lust und meinen gewaltigen Aufruhr in die Nacht hinein. Das Aufbäumen und die Zuckungen der Leidenschaft waren nur in meinem Geist vorhanden, aber das erlebte Gefühl war keineswegs vermindert.

Roberto ließ meine immer noch pulsierende kleine Knospe ruhen, zog vorsichtig seine Finger aus meiner Pussi und bewegte sich zwischen meinen Beinen. Mit meinen geschlossenen Augen konnte ich nur erahnen, daß er sich jetzt über mich legen würde, um mich zum ersten Mal zu ficken. In diesem Moment würde ich von meinem eigenen Bruder gevögelt, dachte ich berauscht, als etwas Kaltes meine Lippen kitzelte.

»Mach den Mund auf, Lara, und blas mir einen. Das habe ich jetzt wohl verdient, nachdem ich es dir so schön besorgt habe, oder?«

Gehorsam öffnete ich die Lippen, um seinen Schwanz aufzunehmen. Als ich diesen verrückten Mann, diesen unglaublichen Künstler der Liebe, meinen Bruder, verwöhnen wollte, merkte ich, daß mir Roberto eine Erdbeere in den Mund gesteckt hatte. Wie geistreich und lustig, dachte ich und genoß die frische Frucht. Während ich schlürfte und schluckte, merkte ich, wie sich sein Körper sachte, aber schwer über den meinen legte. Ich hielt mit dem Lutschen an dem Erdbeerfleisch inne, atmete nicht mehr und spürte, wie Robertos Penis sich zwischen meinen geschwollenen Schamlippen einen Weg suchte. Sanft aber bestimmt drang er langsam ein. Diese erste Stoßbewegung wollte nicht mehr aufhören, als wäre sein Schwanz zwei Meter lang gewesen. Ich verzweifelte einmal mehr, weder schreien noch stöhnen zu können. Und wieder verlangte mein Geist, sich mit aufbäumenden Bewegungen diesem herrlichen Stück Mann entgegenzustemmen. Aber das übernahm Roberto. Er nahm mich mit langsamen, kontrollierten, harten Stößen, als wollte er mir meinen Verstand aus dem Leib ficken. Heißblütig und hingebungsvoll waren seine Bewegungen, dazu küßte er mich mit seinen herrlichen Lippen, und ab und zu streifte wieder eine exotische Frucht meinen Gaumen. Zusammen naschten wir gerade an einem süßen Stück Ananas, als seine Stöße härter wurden. Er atmete und seufzte laut, und seine Hände kneteten brutal meine beiden Brüste. Er hielt sich daran fest und krallte seine Finger in mein zartes Fleisch. Die Erregung war stärker als der Schmerz, und meine Nippel wurden noch etwas steifer. Ich hatte jetzt den Eindruck, Robertos Schwanz würde mich ans Bett nageln, so trieb er ihn in meinen Leib. Er war wie von Sinnen und machte mir eine Heidenangst.

Ich erwartete schon seinen ultimativen, erlösenden letzten Stoß, freute mich auf sein Schreien und auf seinen Orgasmus, als er sich blitzartig mit einem Ruck aus mir zurückzog. Ich verstand ihn nicht mehr, und seine Worte konnten mich nicht befriedigen.

»Nein, meine Prinzessin, zuerst kommst du noch

einmal dran, ich warte noch. Kurz vor deiner letzten Ekstase werde ich dich von den Fesseln der Hypnose befreien, damit du es besser genießen kannst. Aber du mußt mir versprechen, daß du dich dann schön gehorsam weiter von mir verwöhnen läßt und ergeben auf dem Rücken liegen bleibst. Und jetzt stelle ich dir meine liebste Freundin vor. Sie habe ich während deiner Hypnose, die dir jegliches Zeitgefühl geraubt hat, hierher gebracht wie übrigens auch die heiße Schokolade, das prickelnde Tuch, die Früchte und all die aufregenden Spielsachen, die du noch erleben wirst.«

Ich begriff immer noch nicht, Roberto hatte mich doch heute abend im Büro abgeholt, wir waren zu Fuß zusammen durch der Park spaziert. Vermutlich hatte er den Wagen vorher in einer Seitenstraße geparkt und war bis zu meinem Feierabend herumflaniert.

»Erschrick jetzt bitte nicht, Lara, es passiert dir gar nichts, ich verspreche es dir. Außer daß du die extremste aller Liebkosungen erleben wirst, mußt du keine Angst haben. So etwas hast du noch nie erlebt. Warte nur, bis Elfi kommt. Auch die zärtlichsten und begnadetsten Hände ersetzen das Streicheln von Elfi nicht.«

Was oder wer ist Elfi? fragte ich mich.

»Ich lege sie dir auf den Bauch, und du läßt sie ohne Furcht über deinen Körper wandern. Elfi ist eine ungiftige, kleine, freundliche Schlange. Nein, nicht aufregen, Lara. Ich sehe dir die Panik an, und die Schweißperlen auf deiner Stirn sind unbegründet, es passiert dir gar nichts.«

Trotz meiner bereits desolaten hypnotisierten Lage

drohte ich jetzt auch noch ohnmächtig zu werden. Das erstaunte mich ein bißchen, denn ich ekelte mich im Normalfall nicht vor Schlangen. Aber das Bewußtsein, daß ich ‚gefesselt‘ durch Robertos Hypnose nackt und gespreizt vor meinem Bruder auf dem Bett lag, und daß dieser mir eine Schlange auf den Leib legte, würde, glaube ich, auch den mutigsten Menschen zu einer panischen Reaktion verleiten. Ich spürte, wie er langsam und behutsam dieses warme Etwas auf meinen Bauch legte. Es bewegte sich nicht, lange bewegte es sich nicht. Ich vermutete, das Tier müsse sich erst an meine Körpertemperatur gewöhnen, aber gleich danach dachte ich, Roberto hätte sich einen üblen Scherz mit mir erlaubt und mir nur ein Stück Leder auf die Haut gelegt. Dafür spürte ich, wie er mir etwas Kaltes und Nasses zwischen die Beine legte. Ach nein, das Nasse war mein eigener Schleim, der vor Erregung reichlich herausgequollen und erkaltet war. Wie kam es, daß ich Arme, Beine und den restlichen Körper nicht bewegen konnte, aber meine Fotzenmuskulatur völlig aktiv war? Gleichwohl konnte ich ja die Augen nicht öffnen, sehr wohl aber den Mund und die Zunge zum Verzehren dieser kleinen, liebevoll servierten Früchte bewegen.

Roberto drückte leicht zu, und der Gegenstand drang nach einem ersten kleinen Widerstand in meine Scheide. Er war groß, aber irgendwie kam er mir vor, als wäre er ein Stück bewegliches Silikon. Am Anschlag angekommen, füllte mich dieses Ding voll aus, aber das Eindringen hatte komischerweise trotz des gewaltigen Umfangs nicht geschmerzt.

Da ... jetzt hatte es sich auf meinem Bauch bewegt ... Es war doch eine Schlange ... oder etwa nicht? Langsam schlich sie sich zwischen meinen Brüsten zum Hals hoch. Mein Herz pochte laut, und ich spürte die Schlagader am Hals auf- und absausen.

»Nicht die Nerven verlieren, Lara, ich habe dir gesagt, daß Elfi dir nichts tut. Hab nicht so eine Angst, du bekommst mir sonst noch einen Herzinfarkt. Du brauchst dich vor ihr wirklich nicht zu fürchten, sie wird dir nur eine sensationelle Erregung und die höchste deiner je erlebten Wollust schenken. Ihre unsichtbaren Millionen von kleinen Hautplatten werden über deinen empfindsamen Leib fahren und dich einen Sinnestaumel erleben lassen, den du nie mehr vergessen wirst. Jetzt entspann dich.«

Während die Schlange in Zeitlupentempo immer noch zwischen meinen pochenden Brüsten in Richtung Halsschlagader promenierte, empfand ich das Ding, das mir Roberto in die Möse eingeführt hatte, plötzlich als unverschämt dick und groß. Ich wußte nicht, ob dieser Dildo oder dieser Vibrator plötzlich voluminöser geworden war oder ob sich meine Scheidenwände vor Schreck und Erregung zusammengezogen hatten.

Inzwischen war Elfi an meinem Hals angekommen und schlich sich an meinem rechten Ohr vorbei unter meinen Nacken. Damit sie meinen ganzen Hals umkreisen konnte, spürte ich, wie Roberto meinen Kopf leicht anhob. Jetzt ergriff mich die Panik total, denn ich befürchtete, daß der Schlangenleib mich erwürgen könnte. In dieser Phase traute ich meinem satanischen Bruder alles zu. Daß ich dabei die größte je gekannte Lust verspürte, war das Paradoxe an diesem qualvollen Zustand. Das mußte so sein wie bei den Sado-Masopraktiken, bei denen sich die Protagonisten gegenseitig mit Tüchern würgten, und kurz vor der Agonie losließen. Das sei höchstes Lustgefühl, hatte ich mir einmal sagen lassen.

Elfi würgte mich nicht, sie war zärtlich und hatte sich gefühlvoll um meinen Hals gelegt. Aber die Vorstellung des Schlimmsten, was passieren konnte, war aufregend genug, daß es mir die Puste raubte.

»Schön ruhig atmen, Lara, das ist nur das Vorspiel, ehrlich. Wart's ab, wenn Elfi zwischen deinen Beinen umherkriecht. Da es dort feucht und warm ist, wird sie am längsten dort unten verharren, weil dies genau ihrem Lieblingsklima entspricht. Darum habe ich dir einen großen Elektrovibrator eingeführt, damit sie sich nicht in deine Grotte schleicht.«

Während er dies sagte, manipulierte er an dem Ding in meiner Scheide, und die Bewegung, die diese Handhabung in meinem Innern verursachte, ließ mich vor Erschütterung in Gedanken laut aufschreien. Dann hörte ich einen kleinen Motor, und ein sanfter elektrischer Impuls ließ meine Vagina erstarren. Da ein zweiter, ein dritter, ein vierter ... mmmmm ... Wahnsinn ... ohhhh ... im Sekundenintervall überwältigten mich weiche, leichte elektrische Schläge. Robertos Spielzeug war nicht ein einfältig surrender

Vibrator, nein, es war einmal mehr etwas Spezielles. Ich wurde wahnsinnig, wenn ich daran dachte, daß mein Bruder mit so wenig Lebensjahren schon so ein Filou war.

Meine Aufmerksamkeit über dieses gemeine, aber herrliche Folterinstrument wurde beeinträchtigt, denn Elfi ließ von meinem Hals ab und wanderte streichelnd über meine linke Brust. Wie wäre ich zusammengefahren, hätte ich um mich geschlagen und gebrüllt vor Exaltation, wäre ich nicht reglos und ausgeliefert durch diese verdammte Hypnose dagelegen. Der warme Schlangenleib schlich über meine linke Brustwarze, und dieses Streicheln wollte nicht mehr aufhören.

»Schön ist sie und so lang, meine Elfi, oder? Hundertfünfundzwanzig Zentimeter Körperlänge hat sie, daß heißt, bei dem jetzigen Tempo gleitet sie noch zwei Minuten lang über deine Brust.«

Gleichzeitig zu seinen sarkastisch gesprochenen Worten mußte er den Vibrator in die Hand genommen haben, denn ich spürte, wie mir dieser kraftvoll reingeschoben und wieder herausgezogen wurde. Elfi lag immer noch kitzelnd und wohltuend auf meiner Brustspitze. Der Kopf bewegte sich über meinen Bauchnabel und schien sich in dieses zum Glück verschlossene Löchlein zu verschanzen. Das Streicheln des Schlangenleibes fand jetzt ausschließlich auf meinem Bauch statt. Ja, wie Roberto gesagt hatte, zum Glück hatte er meine gefährdete Körperstelle durch seinen gewaltigen Dildo verschlossen, denn sonst…

Elfie glitt immer weiter abwärts und näherte sich meinem rechten Oberschenkel. Auf diesem bewegte sie sich hinunter über die Innenseite meines Schenkels, um auf dem anderen Bein wieder hochzukriechen, als könnte sie sich nicht entscheiden oder als ob sie es absichtlich spannend machen wollte. Über meine linke Hüfte kroch sie wieder hoch und kringelte sich über meinen Bauch, um dann abwärts in mein blondes Schamhaar zu schlüpfen. Der kleine Widerstand, der beim Durchdringen meines Schamhaares entstand, war besonders erregend, denn es zupfte an meinen goldenen Locken. Jetzt war meine Aufruhr unhaltbar, denn der geschmeidige Schlangenkörper strich über meine geschwollene Klitoris. Wieder war meine instinktive Reaktion, dieses Tier mit der Hand wegzustoßen, aber einmal mehr war mein Bemühen aussichtslos, meine Arme waren bewegungslos und starr. Elfi schlängelte sich, wie ich vermutete, unter dem in meiner Scheide steckenden Vibrator herum und strich wieder hinauf über meine durch den Gummischwanz gespreizten Schamlippen und glitt dabei abermals über meine Klitoris. Wie laut hätte ich jetzt bei dieser Behandlung gebrüllt und um mich geschlagen! Vermutlich war die Vorstellung dessen, was mir passierte, lüsterner und erregender als die Berührung selber, aber gerade deshalb glaubte ich, verrückt zu werden.

Die schmiegsame Schlange durchwanderte noch einmal den selben Weg über meine rechte Schamlippe hinab, unter dem Dildo durch, zurück über meine linke Schamlippe hinauf, über meine pulsierende Klitoris, bis sie ganz aufgerollt, warm und schwer meine ganze Scham bedeckte. Als wäre sie eingeschlafen, rührte sie sich auf einmal nicht mehr.

»Na, dieses kleine Luder weiß, wo es schön ist, Lara. Ich wette, Elfi ist zwischen deinen schönen Beinen eingenickt.«

Und ich hörte, wie Roberto vom Bett aufstand und sich aus dem Zimmer entfernte.

Nein, laß mich nicht allein! hätte ich am liebsten gebrüllt, denn ich hatte Angst, allein in diesem apathischen Zustand und mit einer lebenden Schlange auf meiner Möse. Aber es war zwecklos, meine Stimme gehorchte mir nicht. Lange blieb Roberto weg, diesen Eindruck hatte ich jedenfalls, und als ich ihn endlich wieder hereinkommen hörte, war ich erleichtert.

Die Matratze senkte sich, und das Bettgestell knarrte leicht, als Roberto sich neben mich aufs Bett setzte. »Wie fühlt sich Elfi als Wärmeflasche an, Lara?« fragte er leise, während er mir mit einer Hand sachte die Brüste streichelte. Sanft spielte er mit meinen Brustspitzen, und Elfi hätte sogleich viel schleimige Flüssigkeit zu trinken bekommen, hätte sie nicht regungslos auf meiner Scham gelegen.

»Ich werde dich jetzt bald wecken, schönes Dornröschen, und dich wieder in deine Kiste befördern.«

Zuerst war ich erleichtert, weil ich glaubte, er wolle mich aus meiner Hypnose wecken, aber er meinte seine Schlange.

»Dich werde ich auch wieder zum Leben erwecken,

Lara, du wirst aber weiterhin brav auf dem Rücken liegenbleiben, ich habe dir noch einen zweiten Orgasmus versprochen. Ich werde jetzt laut bis drei zählen, und du wirst frisch, ausgeruht und ohne Erinnerung wieder zu dir kommen.«

Ohne Erinnerung? Beinahe hätte ich schade gesagt, aber wollte ich mich an ein solches Abenteuer wirklich erinnern? Aber ich war so klar bei Bewußtsein, daß es unmöglich sein würde, mich nicht an diese Horrorvision Schlange auf meinem Leib zu erinnern. Ich spürte, wie Roberto behutsam und vorsichtig Elfi in seine Hände nahm und von mir aufhob. Mir wurde sehr kalt zwischen den Beinen. Als hätte man mir ein Heizkissen von der Haut genommen. Das Knistern neben meinem Bett mußte das Heu in der Schlangenkiste sein, und sogleich hörte ich den Dekkel der Schachtel zufallen. Dann hörte ich eine Stimme, und ich bin mir sicher, es war nicht die Robertos: »Eins ... zwei ... drei ...«

Eine Hand schüttelte sanft meine Schulter, und ich vernahm nur durch einen Nebel, wie Roberto sich über meinen Bauch beugte und meine blonden Schamhaare küßte. Ein großer tobender Vibrator steckte bis zum Anschlag in meiner Fotze, und Roberto spielte damit. Dann umklammerten seine weichen Lippen meinen Kitzler, drückten und saugten an ihm. Mit der Zungenspitze spielte er über der kleinen Spalte auf meiner Klitoris, und ich schrie laut auf vor Entzücken. Mein Winseln hörte nicht mehr auf, denn Robertos gekonnte Spielereien an meiner kleinen Knospe waren überwältigend. Ich wand und warf mich hin und her, und der wahnsinnige Mann zwischen meinen Beinen hatte eine Heidenmühe, mich in Schach zu halten.

»Ich komme, Roberto, fick mich bitte. Laß mich los mit deinem Mund, ich will deinen Schwanz, nimm mich, schneeeeellllll...«

Aber der Tyrann nahm sich Zeit, er ließ tatsächlich von mir ab, aber nur, um gemütlich sein nasses Gesicht an meinem Oberschenkel abzuwischen. Natürlich klang die Ekstase bei mir ab, und ich war wütend. Als er sich aber schwer und mächtig über mich legte, mir seinen geschwollenen Penis in die Pussi steckte und gleichzeitig einen Finger in den Anus einführte, brüllte ich noch lauter als vorhin und schlug auf ihn ein. Es war ein Reflex des Überschwangs und der Erregung, ich schlug ihn und bohrte meine Fingernägel in seinen Rücken. Dann versteifte sich mein Körper gleichzeitig mit Robertos, seine Stöße wurden ruckartig und heftig, mein Unterleib stieß seinen Lenden entgegen, und wie ein Erdbeben krachte bei uns beiden ein unglaublicher Orgasmus ein. Ich schrie, Roberto schrie, und die Nachbarn würden auch etwas davon haben. Die Salven der Lust, die Roberto in meinen Bauch spritzte, schienen mich zu ertränken. Fürsorglich umklammerte er meinen Kopf und leckte meine Tränen ab, die mir mit dem Orgasmus gekommen waren. Immer noch ineinander verkeilt, lagen wir uns schweißüberströmt, glücklich und erschöpft in den Armen.

Wir mußten wohl beide einige Minuten eingeschlafen sein, denn ich fror ganz leicht. Ich küßte zärtlich Robertos schönen Mund und versuchte, mich zu bewegen. Wieder im Besitz all meiner Sinne und bei vollem Bewußtsein löste ich mich von der zärtlichen Umarmung meines Bruders, schaute ihn verliebt an und flüsterte: »Du bist der Beste, weißt du das? Was hältst du von einer gemeinsamen Dusche?«

»Ein heißes Bad in deiner Riesenbadewanne wäre jetzt nicht zu verachten«, antwortete er verschlafen.

»Ich weiß, aber bis diese Spielwiese mit Wasser gefüllt ist, vergeht mindestens eine Viertelstunde, und ich möchte dich sofort bei mir haben, wenn ich meine versüßte und verschmierte Haut abwasche.«

Ich stand auf, streckte ihm meine Hand entgegen und zog ihn aus dem Bett. Verschwitzt und schokoladeverschmiert gingen wir zusammen ins Bad und stiegen in meine runde Badewanne.

»Darf ich dich waschen, Roberto?«

»Wenn du das gerne möchtest, warum nicht«, antwortete er.

Wir duschten und wuschen uns gegenseitig. Dann legten wir uns ins Bett und schmiegten uns aneinander. Nur Momente später waren wir eingeschlafen.

Als erste erwachte ich aus diesem entzückenden Schlummern auf, und Robertos Arme waren immer noch um meinen Körper geschlungen. Er hielt mich noch im Schlaf fest, als hätte er Angst, mich zu verlieren. Und genau das würde er auch tun, denn ich wußte in meinem tiefen Innern, daß wir uns nie mehr sehen durften.

»Woran denkst du, Liebes, daß du deine Stirn so in Falten wirfst?« fragte Roberto mit weicher Stimme.

»Daran, daß wir gerade etwas zwar sehr Schönes, aber auch sehr Verbotenes getan haben. Und auch wenn du mit deinen wahnsinnigen Kunststücken und deiner großen Begabung, mich zu verwöhnen, der verrückteste und beste Liebhaber der Welt bist, so dürfen wir uns nie mehr wiedersehen, Roberto.«

»Du glaubst doch selber nicht, was du da sagst, oder, Lara?«

»Doch, Liebling, es ist mir Ernst. Hast du vergessen, daß wir Geschwister sind?«

»Aber das macht doch nichts! Wen stört das? Jetzt haben wir uns gefunden, wir harmonieren wie kein Paar auf der Welt, und du willst, daß wir uns wieder trennen? Ich weiß nicht genau, was du für mich empfindest, Lara, aber ich liebe dich abgöttisch.«

»Ja, du liebst mich wie eine Schwester. Ich liebe dich doch auch, kleiner Bruder. Aber so wie heute dürfen wir uns nie mehr begegnen, so etwas darf nie mehr passieren, hörst du?«

»Okay, aber dann verbiete mir nicht, dich wenigstens ab und zu wiederzusehen, ich würde sonst sterben, Lara.«

»Ach, übertreib es nicht gleich, Roberto. Stell dir vor, was geschieht, wenn wir uns wiedersehen! Wir landen wieder genau hier, weil wir nicht voneinander lassen können, das ist doch klar.«

»Nein, Lara, das kann's nicht gewesen sein ...«, jammerte er.

Ich nahm ihn in meine Arme und tröstete ihn. Mein kleiner Bruder, der er in diesem Augenblick wieder war, schmiegte sich eng an meine Brust und schüttelte sich vor Verzweiflung.

»Komm, beruhige dich bitte, wir werden schauen, welche Lösung es für uns gibt, aber für den Augenblick sehe ich keine andere Möglichkeit, als daß wir ein wenig Abstand von einander bekommen.«

Unerwartet löste er sich von mir und schaute mich mit diesem verwandelten Blick, den ich von vorhin kannte, an. Es war ein harter, plötzlich sehr männlicher Blick, der bei mir einen Schauer am ganzen Körper auslöste. Er nahm mein Gesicht in seine beiden Hände, küßte mich hart auf den Mund und stand auf. Hastig und wortlos zog er sich an, nur zwischendurch sah er mich mit diesen verständnislosen Augen an, so daß ich am liebsten gesagt hätte: »Bleib bei mir ... bleib für immer bei mir ...« Aber es ging nicht, und das wußten wir beide.

»Du hast es so gewollt, Lara, wenn du es dir anders überlegst, ruf mich an!«

Ich war selber den Tränen nahe. Mit einem hastigen Kuß auf meine zitternden Lippen verabschiedete sich Roberto. Er war das Beste, was mir je in meinem Leben passiert war.

ENDE